Proiectul Nexxus 2

Profeția Gemenilor
Moștenirea Eternă

Copyright

Ⓒ

Bucur Loredan 07-11-2024
Birmingham U.K.

Prolog:

În zorii timpurilor, înainte ca stelele să lumineze universul, existau doar două forțe fundamentale, lumina și întunericul. Ele nu erau opuse, ci mai degrabă părți inseparabile ale unui întreg cosmic. Împreună, aceste forțe au creat un echilibru perfect, dar odată cu apariția vieții conștiente, echilibrul a fost perturbat. S-au născut ființe cu voință și dorință, iar universul a devenit un câmp de luptă între lumina și întunericul pur, căci fiecare tânjea după supremație. În mijlocul acestei lupte, a apărut o organizație de războinici numită Forța Dominatoare. Condusă de cei mai puternici strategi, această organizație căuta să își extindă influența peste întreaga galaxie, considerând că doar prin dominație absolută se poate obține pacea. De partea cealaltă, apărea o alianță fragilă între creaturile care tânjeau după libertate și armonie, Forța Binelui Suprem, apărătoarea universului și păstrătoarea unui echilibru real între puteri. În cadrul acestui conflict interminabil, Proiectul Nexxus s-a născut ca o încercare de a crea entități capabile să înfrunte cele mai mari provocări, ființe menite să asigure ordinea cosmică. Dintre acești soldați supremi au apărut Brian Man și Lamia, doi războinici cu o legătură unică, forjați de aceleași energii și destinați să fie împreună, dar separați de Forța Dominatoare. Între timp, forțele întunecate au încercat să domine în permanență pământul și să distrugă Forța Binelui Suprem. Și totuși, dincolo de forțele antagonice, dincolo de ură și rivalități, o serie de întrebări rămâneau fără răspuns: Ce este, cu adevărat, lumina? Ce reprezintă întunericul? Și mai presus de toate, unde se află granița dintre ele? Aceasta este povestea lor, o poveste despre iubire, sacrificiu și echilibrul fragil între lumină și întuneric, despre cum Brian Man, Lamia și descendenții lor au reușit să își aducă contribuția într-un univers însetat de pace.

Cuprins

Prolog:

Originea conflictului cosmic: Lumina și întunericul
Apariția Forței Dominatoare și a Forței Binelui Suprem
Nașterea Proiectului Nexus: Brian Man și Lamia

Capitolul 1: Visul Profetic al Lamiei
Legătura telepatică cu Forțele Binelui Suprem
Profeția despre gemenii viitorului: Ran și Run

Capitolul 2. Conflictul cu Kany, Argona și Ayno
Apărarea pământului și unitatea familiei

Capitolul 3: Nașterea lui Ran și Run
Venirea pe lume a celor două fete în locul secret
Creșterea și pregătirea lor pentru a prelua moștenirea

Capitolul 4: O Nouă Amenințare
Planurile Forței Dominatoare de a găsi gemenii
Tensiunea crescândă și puterea familiei unite

Capitolul 5: Călătoria către Origini
Descoperirea adevăratei origini a Proiectului Nexus
Reconectarea cu spiritul Forței Binelui Suprem

Capitolul 6: Trecerea Timpului
Brian Man și Lamia la apusul vieții
Predarea misiunii către Aria și Niko

Capitolul 7: Familia Eternă
Nașterea gemenilor băieți
Pământul condus de descendenții familiei și echilibrul cosmic

Capitolul 8: Noua Misiune a Forței Dominatoare
Retragerea Forței Dominatoare pe o altă planetă
Începutul unei noi erori și căutarea echilibrului pierdut

Epilog:

Echilibrul cosmic și pacea universală
Moștenirea eternă a familiei și lecția despre lumină și întuneric

Capitolul 1: Visul Profetic al Lamiei

Pe măsură ce planurile Forței Dominatoare evoluau într-un exil glaciar pe planeta Xyron,familia Forțelor Binelui Suprem păstra o aparentă liniște pe Pământ.Aria și Niko,împreună cu gemenele Ran și Run,vegheau asupra lumii,unindu-și zilnic energiile și menținând o conexiune permanentă cu tărâmul Elio.Această legătură era un privilegiu rar și era necesar ca,prin intermediul Elio,să poată învăța despre secretele existenței lor și să anticipeze amenințările universului.Însă chiar și cu toată această pregătire,o umbră a nesiguranței se abătea peste cei ce păreau indestructibili.Într-o noapte senină,Aria a simțit o tulburare profundă în structura energiei din jurul lor.Așezată pe terasa locuinței,și-a golit mintea de orice gând și a lăsat forțele universului să-i transmită informații.Și-a chemat telepatic sora,Niko,simțind că era nevoie de o legătură mai puternică pentru a înțelege avertismentul care plutea în aer.
-Ceva se apropie,Aria,i-a transmis Niko,vocea ei gândind aproape șoptit în mintea surorii.
-Simt prezența unui vechi dușman.Forța Dominatoare... sunt încă activi.Aceasta nu era o surpriză pentru Aria.De când familia preluase conducerea Pământului,fiecare moment fusese marcat de pregătire constantă pentru un eventual atac.Aria și Niko au simțit un jurământ mut între ele și planeta pe care o apărau.Dar știau și că Forța Dominatoare,o entitate ce respira răzbunare și haos,

nu avea de gând să renunțe așa ușor la cucerirea Universului. Între timp, pe Xyron, Kany, împreună cu soția sa, Argona, și fiul lor, Ayno, puneau la punct planuri meticuloase. Ayno, acum un bărbat puternic și pregătit de luptă, nutrea o ură imensă față de familia care îi distrusese tatăl. A devenit un expert al manipulării energetice, iar mintea lui era cizelată să identifice și cele mai fine puncte slabe ale unui inamic.
-Nu vom face aceeași greșeală ca înainte, spuse Kany, așezat în centrul camerei de comandă a bazei lor de pe Xyron.
-Proiectul Phaedra a fost doar un experiment nefericit. Acum avem mijloacele și inteligența necesară pentru a ne asigura că victoria va fi a noastră. Argona a făcut un pas înainte, mândră de soțul și fiul ei. Erau înconjurați de ecrane uriașe, hărți stelare și diagrame ale energiei mentale colectate din informațiile lui Alone. Inteligența artificială creată pe baza creierului fostului general oferea strategii sofisticate,

iar Ayno era încântat să le studieze.
-Am descoperit slăbiciunea lor,zise Ayno cu un zâmbet triumfător.
-Își bazează puterea pe legătura cu tărâmul Elio și pe această...comuniune familială.Dar ce ar fi dacă am reuși să-i separăm pe fiecare de propriile lor surse de energie? Planul lui Ayno era de o ingeniozitate malefică.Folosindu-se de noile tehnologii dezvoltate pe Xyron,avea de gând să creeze o barieră energetică care să taie legătura gemenilor cu tărâmul Elio,împiedicându-i să acceseze resursele de putere.Fără conexiunea la Forțele Binelui Suprem,puterile lor s-ar slăbi treptat,făcându-i vulnerabili.Kany și Argona au fost entuziasmați de această descoperire,însă planul avea nevoie de testare.Fiecare detaliu trebuia perfecționat,deoarece confruntarea finală nu mai era o simplă posibilitate,devenise inevitabilă.În timp ce echipa de știință lucra febril la crearea noii bariere,Ayno se pregătea psihologic pentru marea întâlnire.În mintea sa,se vedea deja cucerind Pământul,restabilind onoarea tatălui său și aducând întunericul pe care familia Forțelor Binelui Suprem încercase să-l alunge.Între timp,Aria și Niko,conștiente de potențiala amenințare,au inițiat un antrenament intens cu Ran și Run,gemenele lor.În fiecare zi,își consolidau legăturile telepatice,exersau noi tehnici de manipulare energetică și își fortificau mințile împotriva oricărui atac psihic.Gemenii băieți,deși prea tineri pentru a înțelege pe deplin gravitatea situației,erau martori

la aceste antrenamente.Cu toate acestea,timpul părea să treacă repede,iar apropierea forțelor de pe Xyron devenea din ce în ce mai palpabilă.Într-o seară,Ran a avut o viziune puternică,în care i s-a arătat un univers întunecat,o planetă rece și un bărbat necunoscut,Ayno,fiul lui Alone.Privirea sa ardea de ură,iar aura lui era un amestec ciudat de furie și durere.Viziunea i-a adus fiori,dar i-a oferit și certitudinea că războiul nu se încheiase.
-Suntem pregătiți pentru orice,Ran,a spus Aria,strângând-o pe fată de mână.
-Suntem împreună,și împreună suntem de neoprit.Într-un ultim efort,Ayno și echipa lui de pe Xyron au reușit să finalizeze bariera energetică,iar flota lor interdimensională era pregătită pentru călătoria spre Pământ.Dar când au ajuns în apropierea planetei,au descoperit că Forțele Binelui Suprem erau cu un pas înaintea lor.Aria,Niko,Ran,și Run își consolidaseră puterile într-un scut protector de lumină ce bloca accesul oricărei energii negative.Familia se așezase într-un cerc al unității,iar prin legătura lor mentală,deveniseră una cu tărâmul Elio.
Ayno a făcut primul pas,deschizând un atac psihic puternic.Însă în loc să își atingă ținta,energia lui a fost absorbită și întoarsă împotriva lui.Într-o clipă de vulnerabilitate,Ayno a simțit frica,o frică pe care nu o cunoscuse niciodată,frica de a fi nimic mai mult decât o umbră în fața luminii pure.Kany și Argona au observat că rezistența familiei era mai mare decât anticipaseră.Iubirea,unitatea și legătura profundă

între membrii familiei erau forțe pe care ei nu le-ar fi putut înțelege pe deplin.realizând că nu pot câștiga în acest mod,Forța Dominatoare a fost forțată să se retragă,jurând că într-o zi vor găsi o cale de a învinge.pe măsură ce forțele întunericului dispăreau în noapte,familia rămânea unită,iar Pământul respira în siguranță,cel puțin pentru o vreme.Departe,pe planeta Xyron,Forța Dominatoare se aduna în jurul liderilor săi,hotărâtă să regândească strategia.Kany și Argona,dezamăgiți de ultima înfrângere,știau că vor avea nevoie de o metodă mult mai subtilă pentru a-i destabiliza pe cei care guvernau Pământul.Ayno,întors din confruntarea cu Aria și Niko,păstra în suflet o furie mocnită.Eșecul îl bântuia,dar,totodată,îl și impulsiona.Rănit de puterea supranaturală a familiei Binelui Suprem,și-a jurat că nu se va mai lăsa înfrânt atât de ușor.Își dorea mai mult decât răzbunare;voia să găsească acel punct de cotitură,acel element care i-ar putea oferi victoria.În zilele ce au urmat,Ayno a început să exploreze arhivele vechi ale Forței Dominatoare,în căutarea unei arme sau a unei puteri uitate.A descoperit legende despre o entitate antică,ascunsă într-o galaxie îndepărtată,cunoscută sub numele de Umbra Vidului.Se spunea că cei care reușeau să-i înțeleagă secretele ar putea atinge puteri care depășeau limitele cunoașterii umane.Însă,dincolo de putere,existau și riscuri.Oricine încercase să dețină controlul asupra Umbrei Vidului fusese,într-un fel sau altul,consumat de ea.

-Aceasta ar putea fi șansa noastră,îi spuse Ayno tatălui său,Kany.
-Umbra Vidului are potențialul de a-i destabiliza pe Aria și pe Niko,poate chiar să le suprime legătura cu Elio.Kany a ezitat,dar era conștient că opțiunile lor erau limitate.
-Ești pregătit să-ți asumi acest risc? îl întrebă el,scrutându-l atent.Ayno clătină din cap,iar în ochii săi sclipea o determinare de neclintit.
-Sunt pregătit să fac orice este necesar.Așa a început o călătorie lungă și periculoasă,care avea să-l ducă pe Ayno în cele mai întunecate colțuri ale universului.După luni de căutare, însoțit de o echipă mică și loială,Ayno a reușit să găsească o intrare către galaxia interzisă,unde Umbra Vidului își păstra forța primordială.Când în cele din urmă a găsit ființa enigmatică,aceasta avea o prezență care îi tulbura mintea,ca și cum fiecare gând și fiecare amintire a sa ar fi fost scormonite și răscolite.Era o ființă neomenească,formată dintr-o umbră întunecată,aproape lichidă,care plutea în aerul rece și obscur.
-Ce cauți aici,muritorule? întrebă ființa cu o voce profundă și înfiorătoare.
-Puterea ta,răspunse Ayno fără să clipească.
-Puterea de a subjuga cei care conduc Pământul.Umbra râse,un sunet răgușit care părea să zguduie universul.
-Aceasta nu este o putere care poate fi stăpânită ușor.Ești dispus să plătești prețul?

Ești dispus să îți sacrifici chiar și sufletul? Ayno acceptă provocarea,iar Umbra Vidului se apropie de el,topindu-se într-o energie întunecată ce i-a pătruns direct în trup.În acel moment,Ayno simți o forță imensă invadându-l,dar și o greutate sufocantă.Nu mai era același;era mai puternic,dar și mai instabil.Între timp,Aria și Niko simțeau tulburări în univers.Ran și Run,acum adolescente,începeau să aibă viziuni neliniștitoare despre un viitor întunecat.Forța Dominatoare își intensificase prezența psihică și părea că se pregătea de o nouă ofensivă.Pe măsură ce forțele întunericului se apropiau,Aria și Niko au decis să creeze un scut permanent de protecție în jurul familiei lor.Împreună,au activat o barieră care să le protejeze energiile,împiedicând orice interferență străină să pătrundă în structura lor.Într-o noapte, când luna plutea palidă pe cerul întunecat,Ayno a ajuns pe Pământ,pregătit să-și ducă planul la îndeplinire.Sub influența Umbrei Vidului,și-a schimbat strategia.În loc să atace direct,el a început să infiltreze coșmaruri și iluzii în mințile celor din familia Binelui Suprem,încercând să-i slăbească din interior.Ran și Run au fost primele victime ale acestor atacuri. Dintr-o dată, visele lor deveniseră înspăimântătoare și dezorientante, pline de imagini cu o forță necunoscută ce încerca să le distrugă legătura cu Elio.
-Este mai puternic decât ne-am imaginat,spuse Aria,

încercând să păstreze calmul în fața fiicelor sale speriate.
-Trebuie să fim atenți și să lucrăm împreună.Niko,cu o seriozitate de neclintit,i-a învățat pe gemeni să-și intensifice abilitățile de protecție mentală,încurajându-i să fie vigilente și să nu lase întunericul să le domine mintea.Într-o seară,când coșmarurile deveniseră insuportabile,familia a decis că era timpul să-l confrunte pe Ayno și pe Umbra Vidului care îl corupea.Aria și Niko,împreună cu Ran și Run,au format un cerc energetic,unindu-și puterile pentru a crea o armură de lumină care să le protejeze mințile.Ayno,simțindu-se provocat,și-a făcut apariția,înconjurat de o aură neagră care pulsa cu o intensitate aproape insuportabilă.Ochii săi păreau goluri de întuneric pur,iar ființa sa era un amestec de umanitate și ceva inuman,ceva ce părea să absoarbă și să distrugă totul în jur.
-Astăzi,va fi ziua în care vă voi răpune legătura cu Elio! strigă Ayno,lansând un atac energetic devastator.Dar familia nu era nepregătită.În timp ce Ayno și-a canalizat întunericul spre ei,Aria și Niko au folosit o tehnică secretă,o legătură directă cu Elio,pentru a crea o contraforță de lumină pură.Lumina s-a înfășurat în jurul umbrelor lui Ayno,disipând treptat energia întunecată ce îl acapara.În timp ce Umbra Vidului încerca să se apere,Aria și Niko au reușit să-i extragă influența din trupul lui Ayno.Energia negativă s-a disipat ca un fum gros,iar ființa a dispărut,eliberându-l pe Ayno de povara

ăzbunării.Eliberat,Ayno a privit în tăcere,copleșit de vinovăție și remușcări.Nu mai era generalul întunecat care dorise să aducă distrugerea. Rămăsese un bărbat rănit,eliberat de propria furie și,totodată,de influența întunericului.Aria și Niko i-au întins o mână de ajutor,oferindu-i o șansă să-și ispășească greșelile.Familia l-a primit sub protecția lor,și,treptat,Ayno a început să înțeleagă valorile pe care familia Forțelor Binelui Suprem le apăra.În timp,Ayno a devenit un aliat important,contribuind la protecția Pământului și ajutând familia să se pregătească pentru orice amenințare viitoare.Forța Binelui Suprem,acum și mai puternică,era pregătită să apere universul,asigurându-se că pacea va dăinui pentru multe generații.Anii au trecut în liniște,iar familia Forței Binelui Suprem a început să se bucure de o pace aparentă.Ayno,acum un aliat respectat,ajutase la reconstrucția sistemului de apărare al Pământului,adăugând un strat suplimentar de protecție împotriva oricăror amenințări externe.Cu toate acestea,familia știa că pericolele ar putea reapărea în orice moment,iar pacea lor era doar o pauză în istoria zbuciumată a universului.Aria și Niko,acum conducători ai familiei,erau conștienți că trebuie să-și pregătească copiii pentru orice posibilitate.Ran și Run, gemenele care ajunseseră la maturitate,deveniseră adevărate protectoare ale lumii,cunoscute pentru inteligența lor,compasiune și,mai ales,pentru legătura puternică pe care o aveau cu Elio.Cei doi gemeni băieți,fiii mai mici ai lui Brian Man și Lamia,începuseră,la rândul lor,să-și dezvolte abilitățile

și să învețe de la Aria și Niko despre sacrificiul necesar în a apăra binele.Într-o noapte liniștită,Run a avut o viziune care o tulbură profund.În visul ei,un val de energie întunecată se ridica dintr-o galaxie necunoscută și amenința să înghită nu doar Pământul,ci întreaga structură a universului.Simțea o forță nouă și puternică,ceva mai vechi și mai periculos decât tot ceea ce întâlniseră până atunci.
-Aria,trebuie să vorbim,îi spuse Run,trezindu-și sora în mijlocul nopții.
-Am avut o viziune.Nu seamănă cu nimic din ce am văzut până acum.E o putere care vine dintr-o altă dimensiune.Aria își ascultă sora cu îngrijorare.Cele două gemene își dădeau seama că trebuie să investigheze această amenințare,dar știau și că ar putea să nu fie pregătite pentru ceva de asemenea proporții.
-Trebuie să ne consultăm cu Ayno,spuse Aria.
-El a avut legături cu forțele întunericului.Poate știe mai multe despre această energie.Ayno,care încă își ispășea greșelile,le ascultă povestea cu seriozitate.Cu o expresie îngândurată,le mărturisi:
-Ceea ce descrii,Run,seamănă cu ceea ce Forța Dominatoare a numit Sufletul Întunecat.E o entitate legendară,o energie primordială care se spune că există dinaintea universului cunoscut.Dacă a fost trezită,atunci ne confruntăm cu un pericol cum nu am mai întâlnit.Familia începu să se pregătească pentru o nouă confruntare.Aria și Niko și-au îndrumat copiii să-și întărească legăturile mentale și să își rafineze abilitățile de protecție și atac.

Ran și Run au lucrat împreună pentru a dezvolta o barieră mentală comună,bazată pe o tehnică învățată din legătura lor cu Elio.În acest timp,Ayno a început să colaboreze cu aliații familiei,căutând orice cunoștințe despre Sufletul Întunecat.S-a dovedit că această entitate fusese sigilată într-o dimensiune interzisă,iar Forța Dominatoare căutase să o elibereze încă de la înființarea sa.Deși nu se știa exact cum funcționa această energie,era clar că odată eliberată,ar putea consuma orice energie pozitivă din univers.
-Este un pariu periculos,le spuse Ayno în timpul unei ședințe de strategie.
-Ar trebui să fim pregătiți pentru orice,inclusiv pentru sacrificii.Aria îl privi cu seriozitate.Nu ne temem de sacrificii,Ayno.Dar va trebui să ne bazăm pe conexiunea noastră cu Elio și să rămânem uniți.Întotdeauna am câștigat prin unitate,și nu vom permite ca această amenințare să ne dezbine.Într-o zi sumbră,Sufletul Întunecat și-a făcut simțită prezența.Un val de energie negativă a înconjurat atmosfera Pământului,creând un întuneric total.Aria,Niko,Ran,Run și restul familiei s-au unit,canalizând toate puterile lor într-un scut protector.Sufletul Întunecat,deși fără o formă fizică,începu să-și concentreze energia pentru a pătrunde în mințile membrilor familiei.Tensiunea era copleșitoare,iar membrii familiei simțeau că fiecare gând,fiecare amintire era tras într-o groapă a disperării.Aria și Niko,simțind atacul,s-au concentrat mai tare,canalizând o putere pură din legătura lor cu Elio.În acel moment,toți membrii familiei au simțit o energie caldă și protectoare,

ca o lumină care străpungea întunericul,reușind să oprească atacul mental al entității.Gemenele,Ran și Run,și-au unit puterile pentru a lansa un contraatac.Au creat o energie atât de intensă și pură,încât umbrele Sufletului Întunecat începură să se dizolve treptat.Entitatea,incapabilă să reziste forței combinate a familiei,a început să slăbească,iar întunericul care o înconjura s-a disipat.În cele din urmă,cu o explozie de lumină și energie pură,Sufletul Întunecat a fost distrus, iar planeta a fost eliberată de influența lui.

Capitolul 2.Conflictul cu Kany,Argona și Ayno

După ce s-au asigurat că Sufletul Întunecat a dispărut definitiv,familia s-a reunit,epuizată,dar triumfătoare.Acum știau că legătura lor cu Elio și unitatea lor erau cele mai mari arme pe care le aveau împotriva întunericului.În ciuda efortului și sacrificiului,familia era pregătită pentru orice viitor.Forța Binelui Suprem devenise un simbol al protecției și iubirii,iar membrii săi erau mai uniți ca niciodată.În tăcerea care urma după furtună,Aria,Niko,Ran și Run priveau cerul,știind că viitorul universului va fi întotdeauna amenințat de noi forțe,dar conștienți că nimic nu-i putea înfrânge atât timp cât rămâneau împreună.După triumful împotriva Sufletului Întunecat,viața familiei Forței Binelui Suprem revenise la o liniște relativă.Pământul înflorea sub conducerea lor,iar o pace mai profundă părea să coboare asupra planetei.Aria și Niko,împreună cu gemenele Ran și Run,au început să creeze o rețea vastă de alianțe galactice.Ei doreau să prevină un alt atac de proporțiile celui pe care tocmai îl înfruntaseră.Cu toate acestea,undeva într-un colț uitat al universului,Forța Dominatoare își clocotea frustrările.Kany și Argona supraviețuiseră înfrângerii recente și se retrăseseră într-o planetă ascunsă,la marginea unei nebuloase dense.Departe de privirile universului,Forța Dominatoare a început să recruteze din nou,adunând ființe din toate colțurile întunecate ale galaxiei.Își dăduseră seama că Forța Binelui Suprem devenise nu doar o amenințare,ci o barieră imposibil de depășit în forma lor actuală.De aceea,au planuit să acționeze cu o strategie nouă,una care să le permită să se infiltreze și să slăbească familia din interior.Kany,care stăpânea arta manipulării psihologice,a început să își instruiască o echipă specială de luptători telepatici,ființe create pentru a pătrunde

în mințile adversarilor și a le planta gânduri de nesiguranță și neîncredere.Argona,la rândul său,se ocupa de antrenarea unor ființe capabile să se ascundă în umbre și să se strecoare neobservate în sistemele de apărare ale Pământului.Ei intenționau să submineze structurile de încredere și coeziune ale familiei Forței Binelui Suprem,creând conflicte interne și slăbindu-le puterile.Ayno,care devenise un aliat de încredere al familiei,și-a dat seama de amenințarea care se forma.Observând perturbările subtile din câmpul energetic al galaxiei,și-a dat seama că Forța Dominatoare nu renunțase.A simțit influențele întunecate care își croiau drum către Pământ,deghizate sub formele unor energii aparent inofensive.Într-o seară,s-a întâlnit cu Aria și Niko într-o locație izolată,pentru a discuta strategiile de apărare.
-Ei vor veni din nou,le spuse Ayno,privindu-i cu seriozitate.
-Dar nu vor ataca direct.Se vor infiltra și vor încerca să vă destrame din interior.Aria a încuviințat,știind că trebuiau să-și întărească nu doar forțele de apărare,ci și legăturile interpersonale.Ran și Run,gemenele,au fost instruite într-o nouă tehnică de meditație telepatică care le permitea să își protejeze mințile de influențele externe.Împreună,au creat un scut mental atât de puternic,încât părea să respingă orice urmă de energie negativă.Aria și Niko au ales să le învețe pe gemene despre originile Forței Binelui Suprem și despre sacrificiile făcute de Brian Man și Lamia.Era crucial ca gemenele să înțeleagă istoria puterilor lor și de ce

era esențial să le folosească în armonie.În tot acest timp,Kany și Argona observau atent din umbră.Ei reușiseră să plaseze câțiva dintre luptătorii lor telepatici în structuri strategice din afara Pământului,punând în aplicare o tactică de presiune subtilă asupra aliaților familiei Forței Binelui Suprem.Conflictele și disensiunile mici începeau să apară în Consiliul Galactic,iar aliații începeau să se certe pentru resurse și influență.Într-o altă dimensiune,Brian Man și Lamia simțeau instabilitatea din galaxie și știau că ceva nu era în regulă.Chiar dacă părăsiseră lupta activă,ei nu puteau ignora legătura profundă cu familia și planeta pe care o protejaseră atât de mult timp.Astfel,au decis să contacteze un vechi mentor,un maestru al energiei telepatice,pentru a cere sfaturi cu privire la protecția mintală.Maestrul le-a explicat că fiecare scut mental putea fi spart dacă individul avea chiar și o fărâmă de neîncredere sau frică.Le-a sugerat o tehnică veche,cunoscută doar de un număr restrâns de inițiați,care putea să îmbine energiile fiecărui membru al familiei într-o protecție comună.Brian Man și Lamia au transmis această învățătură mai departe gemenelor și lui Aria și Niko,întărind astfel conexiunea lor familială la un nivel fără precedent.Forțele infiltrate ale lui Kany și Argona au încercat să atace din interior,însă s-au izbit de scutul familial.În ciuda tuturor eforturilor,luptătorii telepatici nu reușeau să pătrundă în mințile membrilor familiei,iar tentaculele Forței Dominatoare începeau să se retragă.

Această primă confruntare a fost aproape invizibilă, dar semnificativă.Forța Binelui Suprem dovedise că putea rezista oricărei încercări de dezbinare.Cu planurile lor eșuate,Kany și Argona și-au jurat răzbunare mai profundă,jurând că vor crea o alianță întunecată cu ființe din universuri paralele.Dar familia Forței Binelui Suprem,unificată mai puternic ca oricând,era pregătită pentru orice nouă provocare.Pe măsură ce galaxia revenea la echilibru,Forța Binelui Suprem știa că fiecare generație ar trebui să fie pregătită pentru noi încercări.Astfel,ei și-au întărit legăturile,conștienți că doar prin unitate și înțelegere vor putea apăra universul de forțele întunericului care nu vor înceta niciodată să reapară.După confruntarea cu Forța Dominatoare,familia Forței Binelui Suprem se concentra pe consolidarea legăturilor lor și pe dezvoltarea unor strategii de apărare mai eficiente.Aria,Niko, Ran și Run își dădeau seama că,deși reușiseră să respingă atacurile inițiale ale lui Kany și Argona,amenințarea nu dispăruse cu adevărat.Se simțea o tensiune în aer,ca și cum o furtună se aduna,pregătită să lovească din nou.Pe măsură ce treceau zilele,membrii familiei începeau să observe fenomene ciudate.Aliații lor din Consiliul Galactic dădeau semne de instabilitate,iar unele coloniile începuseră să renunțe la pactele de securitate.Aria,îngrijorată,a convocat o întâlnire de urgență cu Niko și gemenele.În acel moment,fiecare dintre ei își putea simți inima bătând mai repede.
-Nu este normal.Există o energie întunecată care ne afectează,a spus Aria,cu un fior pe șira spinării.

-Trebuie să aflăm ce se întâmplă.Niko a fost de acord,simțind aceeași neliniște.
-Cred că este timpul să ne concentrăm pe legătura telepatică.Trebuie să ne deschidem mințile și să ne conectăm mai profund,să vedem dacă putem identifica sursa acestei energii.Gemenelor le-a fost oferită o sarcină importantă:să mediteze și să formeze un scut mental împreună,astfel încât să poată înfrunta orice influență negativă care ar putea să se abată asupra lor.În acea noapte,s-au adunat într-o cameră mare,iluminată doar de lumina blândă a stelelor care străluceau prin feronerie.Îşi au adunat toate forțele și au început să comunice telepatic.După câteva ore de meditație intensă,gemenele au avut viziuni care le-au arătat adevărul înfiorător.Kany și Argona nu erau singuri.Aveau aliați dintr-o dimensiune paralelă, ființe întunecate cunoscute sub numele de „Umbrele Distrugerii".Aceste entități erau create din energia negativă acumulată în universuri de-a lungul mileniilor și aveau puterea de a transforma fricile și îngrijorările oamenilor în realitate.
-Trebuie să acționăm rapid! a spus Ran,cu o voce tremurândă de anxietate.
-Dacă nu ne unim forțele,am putea pierde totul.
-Da,a adăugat Run.
-Trebuie să ne antrenăm și să ne pregătim pentru o bătălie care nu va fi ca cele anterioare.În acel moment,Ayno a apărut,având o expresie gravă pe față.

-Am auzit de revelațiile voastre.Aceste Umbre ale Distrugerii sunt puternice,dar sunt vulnerabile la lumina curajului.Trebuie să le confruntăm și să le aducem înapoi în întuneric.Pe măsură ce informațiile despre amenințarea emergentă se răspândeau,Aria,Niko,Ran,Run și Ayno au început să planifice o expediție.Dorea să se întâlnească cu vechii lor aliați din Consiliul Galactic pentru a le cere ajutorul.În acea întâlnire,au decis să formeze o alianță de războinici și să antreneze și alți luptători pentru a lupta împotriva Umbrelor.Pe parcursul săptămânilor următoare,echipa a lucrat neobosit pentru a dezvolta noi strategii de apărare.Ayno le-a învățat despre cele mai eficiente tehnici de luptă psihică,în timp ce Aria și Niko se concentrau pe îmbunătățirea abilităților lor fizice.Gemenelor le-a fost atribuit rolul de a deveni legătura principală între cele două dimensiuni,având sarcina de a comunica cu luptătorii din universul paralel.Într-o noapte întunecată,echipa a decis să organizeze un ritual pentru a invoca Umbrele Distrugerii.Așezându-se în cerc,fiecare dintre ei a invocat puterea luminii interioare,transmițându-și energiile pentru a atrage atenția ființelor întunecate.Atmosfera a început să vibreze,iar întunericul a început să se contureze în jurul lor.
-Cine sunteți? a întrebat o voce groasă,care părea să vină din adâncurile infernului.
-Suntem Forța Binelui Suprem,și venim să vă înfruntăm!

a strigat Niko,având o hotărâre de fier.În acel moment,Umbrele s-au materializat,arătându-se ca siluete întunecate cu fețe distorsionate,pline de furie și resentimente.
-Sunteți doar o mână de ființe neputincioase! Veți fiți distruși! Bătălia a izbucnit cu o violență nemaiîntâlnită.Umbrele Distrugerii atacau cu o furie necontrolată,în timp ce Aria,Niko,Ran și Run luptau cu toate forțele lor.Fiecare lovitură era însoțită de o undă de energie care se împletea cu lumina lor interioară,iar fiecare atac telepatic încerca să distrugă voința Umbrelor.În mijlocul haosului,Ayno a reușit să se apropie de una dintre Umbre,încercând să pătrundă în mintea acesteia.
-Tu nu ești decât o reflexie a fricilor voastre! striga el.
-Luptați-vă cu adevărul,nu cu întunericul! O luptă intensă de energii a avut loc în mintea Umbrei,care a început să se contopească cu lumina curajului lui Ayno.La rândul său,Ran și Run au folosit puterea lor telepatică pentru a crea un scut în jurul echipei, protejându-i de atacurile disperate ale Umbrelor.După ore de luptă, oboseala începea să își facă simțită prezența,iar echipa se simțea copleșită.În acel moment,gemenele au realizat că trebuie să încerce o abordare diferită.Au început să comunice telepatic,unind forțele lor pentru a crea un val imens de lumină care să străpungă întunericul.
-Trebuie să le arătăm că pot alege să nu mai fie umbre,a spus Ran.
-Da! Haideți să le transmitem speranța! a adăugat Run.

Așadar,au început să emită un val de energie care vibra de iubire și lumină,o lumină care a început să învăluie Umbrele.Și,în mijlocul întunericului,o parte dintre aceste ființe au început să se schimbe,scuturându-se de furia și resentimentele lor,eliberându-se de lanțurile care le țineau captive.Bătălia s-a transformat într-un spectacol de lumină și întuneric,unde Umbrele Distrugerii,în fața curajului și iubirii neclintite a echipei,au început să cedeze.Când ultima umbră a fost învinsă,un sentiment de eliberare a umplut aerul.Cele mai multe dintre Umbrele distruse au fost transformate,regăsindu-și esența pierdută.

-Ați avut curajul de a ne arăta că putem alege altceva decât distrugerea,a spus una dintre Umbre,cu o voce care nu mai avea acel ton amenințător.

-Voi sunteți adevărata Forță a Binelui.Cu amenințarea distrusă și multe Umbre reintegrate în societate,galaxia a început să se vindece.Aria,Niko,Ran și Run au fost recunoscuți ca învingători.După victoria asupra Umbrelor,familia Forței Binelui Suprem își dedică eforturile pentru a restaura pacea și a preveni orice reîntoarcere a întunericului.Însă,liniștea care a urmat nu a fost decât temporară.În profunzimea cosmosului,Kany și Argona,îndurerați de pierderea Umbrelor ca aliați și motivați de un plan nou și mai periculos,au găsit o altă planetă,Mistra,pe care și-au reluat planurile de cucerire.Acest loc ascundea resurse stranii,capabile să amplifice energia negativă și să o canalizeze sub forma unei arme puternice.Pe Pământ,Aria și Niko au început să observe fluctuații ale energiei,simțind că o forță nefamiliară,dar deosebit de întunecată,începe să pulseze.La rândul lor,Ran și Run,acum în vârstă de zece ani, percepeau aceste vibrații și visau adesea scene de haos și distrugere,care le frământau.În unul din aceste vise,Run a văzut chipurile lui Kany și Argona,împreună cu o nouă structură de energie întunecată,o rețea imensă ce părea să înconjoare galaxia.Niko a convocat o ședință urgentă cu întreaga familie și cu cei mai buni aliați ai lor.Ei au descoperit că Mistra,planeta pe care o vizase acum Forța Dominatoare,avea o energie necunoscută,ce putea amplifica puterea întunericului.Aria și Niko au realizat că pentru a stopa amenințarea,aveau nevoie de ajutorul Doctorului Elias,un cercetător cu cunoștințe vaste despre formele de energie rare și misterioase.Doctorul Elias era cunoscut pentru excentricitatea și reținerile sale față de societate,fiind retras într-un observator dintr-o zonă montană îndepărtată.După o călătorie lungă și obositoare,familia l-a găsit,izolându-se în munți pentru a studia fenomenul ciudat al „energiei întunecate".Elias le-a dezvăluit că această energie era,de fapt, rezultatul fricilor și urii din univers.Le-a explicat că planeta Mistra era locul de naștere al multora dintre aceste energii,dar și că,dacă cineva ar reuși să închidă „nucleul urii",întregul flux ar fi inversat.Pentru a închide nucleul,Elias a explicat că ar avea nevoie de o formă de energie pură, pozitivă,combinată cu o cunoaștere profundă a echilibrului universal,deținute numai de familia Forței Binelui Suprem.Însă Mistra nu era doar periculoasă prin energia sa;planeta era locuită de creaturi periculoase,mutate de influența întunericului.Când au ajuns pe planetă,familia a fost întâmpinată de o atmosferă grea,în care până și aerul părea contaminat.Ayno,fiul lui Alone,le-a sărit în față,acum complet dedicat distrugerii familiei care i-a înfrânt tatăl.Însoțit de o armată de creaturi create din energie întunecată,Ayno i-a atacat pe Aria,Niko și ceilalți,într-o confruntare de o intensitate aproape imposibil de suportat.Ran și Run,fiind cele mai tinere,au avut dificultăți,dar au rezistat,folosind energia luminii învățată de la părinții lor.În toiul luptei,Doctorul Elias a folosit un dispozitiv care a deschis un portal către nucleu.Aria și Niko au intrat împreună,lăsând gemenele să lupte alături de aliați.În nucleul urii,Aria și Niko i-au întâlnit pe Kany și Argona,care îi așteptau cu un plan de subjugare.Argona le-a dezvăluit motivul pentru care își dorea cu ardoare să distrugă familia Forței Binelui Suprem: dorința de răzbunare pentru o putere pierdută în fața Nexusului,care odinioară aparținea familiei sale.Confruntarea nu a fost doar fizică,ci și mentală.Kany și Argona au încercat să submineze legătura mentală dintre Aria și Niko,aducând în fața lor cele mai adânci frici.Dar cu ajutorul amintirilor despre sacrificiile și iubirea lor,Aria și Niko au reușit să creeze un scut de lumină pură,care a destabilizat energia nucleului.Într-un efort final,au îmbinat energiile lor pentru a dizolva nucleul,ceea ce a generat o explozie de lumină ce s-a răspândit pe întreaga planetă, neutralizând energia întunecată.După distrugerea nucleului,planeta Mistra s-a transformat,pierzându-și întunericul și recăpătând o formă naturală.Ayno,eliberat de influența malefică a energiei întunecate,a înțeles că răzbunarea tatălui său nu era calea potrivită și a ales să se alăture Consiliului Galactic în semn de reconciliere.Aria,Niko și întreaga familie s-au întors pe Pământ,conștienți că misiunea lor nu s-a încheiat,dar mai puternici decât înainte.Gemenelor,Ran și Run,le-a fost recunoscută contribuția crucială în luptă și au primit dreptul de a forma un ordin protector,care să vegheze la menținerea echilibrului între lumină și întuneric în galaxie.Astfel,Forța Binelui Suprem a devenit o veritabilă forță de armonie,asigurând că umanitatea și universul vor avea mereu protectori capabili să mențină echilibrul.Cu nucleul întunericului distrus,familia și-a găsit liniștea,pregătindu-se să transmită lecțiile și înțelepciunea generațiilor viitoare,pentru ca umbrele să nu mai amenințe niciodată pacea universului.În anii care au urmat victoriei asupra umbrei întunecate de pe Mistra,familia Forței Binelui Suprem a devenit un simbol puternic al rezistenței și speranței pentru toate ființele conștiente din galaxie.Aria și Niko și-au dedicat timpul instruirii celor două perechi de gemeni,Ran și Run,cele două fete,și noii gemeni băieți,Tai și Elan,care creșteau sub tutela lor strictă și iubitoare.Cei patru copii ai familiei erau esențiali pentru viitorul galaxiei și învățau nu doar arta protecției și a luptei,ci și valorile înțelepciunii,compasiunii și păcii.Însă pacea obținută cu greu nu a durat pentru totdeauna.La marginea galaxiei,în adâncurile unei regiuni izolate,Umbrele au găsit o cale de a se reconstrui.Dintr-o scânteie de energie întunecată rămasă după explozia nucleului,o forță necunoscută a reușit să reactiveze energia latentă a Umbrelor,formând o entitate colectivă numită "Vârtejul Întunericului".Vârtejul Întunericului era o manifestare a urii și a resentimentului acumulat de-a lungul veacurilor și avea o inteligență proprie.Începutul acestei noi entități a atras atenția lui Kany și Argona,care,în exilul lor pe o planetă îndepărtată,au simțit o chemare ce le-a revitalizat dorința de răzbunare.Deși fuseseră înfrânți în confruntarea cu familia Forței Binelui Suprem,ei au realizat că alături de Vârtejul Întunericului ar putea găsi,în sfârșit,o modalitate de a înfrunta și de a distruge familia odată pentru totdeauna.Între timp,familia de pe Pământ a primit un mesaj neașteptat de la Elio,ființa înțeleaptă din Forțele Binelui Suprem,care se conectase cu Ran și Run încă din primele zile de viață ale fetelor.Elio i-a avertizat că, în timp ce nucleul întunericului fusese distrus,o forță și mai periculoasă lua naștere în galaxie și că singura cale de a o combate era prin unirea tuturor energiilor luminoase din familiile create în jurul Forței Binelui Suprem.Elio a oferit un artefact antic,cunoscut sub numele de „Lacrima Luminii Eterne".Această relicvă purta în ea o energie sacră,capabilă să dizolve orice energie negativă.Totuși,Elio i-a avertizat pe Aria și Niko că Lacrima putea fi folosită doar o singură dată și doar de cel mai pur suflet dintre ei.

Conduși de mesajul lui Elio,familia Forței Binelui Suprem a pornit într-o expediție periculoasă pentru a ajunge la inima Vârtejului Întunericului,aflat pe o planetă pustie,acoperită de nori negri și învăluită în o ceață densă.Ran și Run,acum antrenate și capabile să controleze legătura lor telepatică cu Elio,au fost primele care au simțit energia nefastă a entității întunecate.Când au ajuns la Vârtejul Întunericului,au fost întâmpinați de o armată de creaturi formate din energie negativă,gata să-i oprească.Niko și Aria au coordonat atacurile,iar copiii lor s-au luptat alături de părinți,punând în practică tot ce au învățat.Kany și Argona au apărut în mijlocul luptei, iar puterile lor amplificate de Vârtej păreau de neoprit.În mijlocul haosului,Ran,una dintre gemene,a fost prinsă de o creatură masivă din umbre și a fost aproape înghițită de întuneric.În acel moment,Elio a intervenit telepatic, oferindu-i lui Ran puterea de a activa Lacrima Luminii Eterne.Cu ultimele forțe,ea a reușit să strige cu o putere incredibilă cuvintele sacre învățate de la Elio,iar Lacrima s-a aprins cu o lumină pură, orbitoare.Într-o explozie de lumină care a pătruns toate straturile întunecate ale galaxiei,Vârtejul Întunericului a fost dizolvat complet,iar Kany și Argona au fost înghițiți de lumină,dispersându-se pentru totdeauna.Creaturile întunecate au dispărut,iar Vârtejul s-a destrămat sub puterea luminii sacre,dizolvând răul care încercase să preia universul.După această ultimă bătălie, familia Forței Binelui Suprem s-a întors pe Pământ,obosită,dar triumfătoare.

Ran și Run au fost recunoscute drept eroine,iar artefactul sacru,acum golit de energie,a fost păstrat ca simbol al victoriei și al sacrificiului.Galaxia a intrat într-o eră de pace și prosperitate, protejată de alianțe puternice și de noile generații de protectori instruiți în spiritul luminii și al dreptății. Familia Forței Binelui Suprem a rămas un simbol viu, iar lecțiile învățate în bătăliile lor au fost transmise generațiilor următoare,pentru a asigura pacea eternă în univers.

Capitolul 3: Nașterea lui Ran și Run

După triumful asupra Vârtejului Întunericului,o pace durabilă a domnit în galaxie,iar familia Forței Binelui Suprem s-a bucurat de o liniște mult așteptată.Cu toate acestea,o nouă enigmă a început să se contureze pe măsură ce gemenele Ran și Run,alături de gemenii Tai și Elan,au continuat antrenamentele și au început să exploreze galaxia pentru a înțelege mai bine vastitatea forțelor și energiilor ce coexistă în univers.Într-o noapte de liniște,observatorul pământean a captat un semnal misterios provenind dintr-o regiune a cosmosului cunoscută sub numele de Marginea Luminii.Aceasta era o zonă aproape inaccesibilă,considerată până atunci un loc „gol" în univers,departe de orice sistem cunoscut.Semnalul era ciudat,format din pulsații subtile de energie ce păreau să transmită un mesaj criptic.Aria și Niko,împreună cu gemenele,au început să studieze semnalul,descoperind că acesta purta o formă necunoscută de energie, una care nu părea nici de lumină,nici de întuneric,ci mai degrabă o combinație stranie și perfect echilibrată între cele două.Încurajați de curiozitate,au decis să pornească într-o misiune pentru a descoperi sursa semnalului și pentru a înțelege ce mesaj aducea.Pentru a ajunge la Marginea Luminii,familia a trebuit să traverseze o serie de portaluri stelare și să parcurgă căi necunoscute prin univers.Drumul a fost dificil,dar antrenamentele și legăturile lor de familie i-au făcut să rămână concentrați.Pe măsură ce se apropiau,energia semnalului devenea din ce în ce mai intensă,iar gemenele începeau să simtă o conexiune profundă cu această sursă necunoscută,ca și cum ar fi fost chemate de o forță familiară,dar încă ascunsă.Când au ajuns la destinație,au descoperit o planetă mică,învăluită într-o aură de lumină albastră și argintie,pe care au numit-o Tărâmul Luminii Întrepătrunse.Aici,energia părea să pulseze în armonie,ca și cum însăși planeta ar fi fost vie,respirând un echilibru perfect între lumină și întuneric.

În centrul acestui tărâm,au găsit o structură antică,un templu de cristal,ale cărui ziduri emanau acea energie misterioasă,perfect echilibrată.Odată intrați în templu,familia a simțit cum energia pătrundea în fiecare dintre ei,amplificându-le puterile,dar și forțându-i să-și confrunte cele mai profunde temeri și îndoieli.În acest moment,o voce enigmatică s-a făcut auzită,spunându-le că sunt în prezența „Sfera Echilibrului Etern",o relicvă străveche,creată de primele ființe din univers pentru a menține balanța între lumină și întuneric.Sfera le-a oferit o viziune despre un viitor în care un dezechilibru major ar putea distruge întreaga structură a cosmosului.În această viziune,familia Forței Binelui Suprem,alături de aliații lor,era ultima apărare împotriva unei forțe care ar încerca să absoarbă întreaga energie a universului pentru a crea o formă de singularitate,în care nu ar mai exista nici lumină,nici întuneric,doar o stare de neutralitate absolută,unde viața însăși ar înceta să existe.Recunoscând responsabilitatea ce li se punea în față,Aria,Niko și cei patru copii au jurat să devină păstrători ai echilibrului universal.Rolul lor era de a veghea nu doar asupra Pământului,ci asupra întregii galaxii,asigurându-se că nimic nu ar putea compromite balanța dintre cele două energii fundamentale.Sfera le-a dat fiecărui membru al familiei o putere unică. Ran și Run, gemenele, au primit capacitatea de a manipula și armoniza energia întunecată cu cea luminoasă, iar Tai și Elan au primit darul de a crea scuturi și bariere de protecție,capabile să respingă orice atac al dezechilibrului.Aria și Niko,la rândul lor,au fost înzestrate cu înțelepciunea de a ghida și de a păstra legătura cu Sfera,în cazul în care ar apărea vreo amenințare iminentă.Întorși acasă,familia și-a continuat misiunea de protecție,însă acum cu o conștientizare mai profundă a importanței echilibrului.Ei au împărtășit lumii lecțiile învățate,creând noi școli și instituții dedicate studierii energiilor și păstrării armoniei între ele.Pe măsură ce copiii creșteau,au început să instruiască alți protectori ai galaxiei,pregătindu-se să-și lase moștenirea generațiilor viitoare.Cu toate că pacea părea să domnească,familia știa că forțele dezordinei și întunericului ar putea reveni oricând.Așa că,având darurile Sferii și o viziune clară asupra scopului lor,familia Forței Binelui Suprem a devenit o forță de echilibru și de stabilitate în univers.Ei erau mai mult decât protectori;erau Păstrătorii Echilibrului Etern.În acest nou rol,viața familiei avea să fie o continuă veghe,dar una necesară pentru a asigura armonia tuturor energiilor din galaxie și pentru a menține promisiunea făcută în fața Sferii:aceea de a proteja viața în toate formele sale, indiferent de unde venea sau ce formă lua.Anii au trecut,iar Ran,Run,Tai și Elan,deveniți adulți,au continuat să crească sub atenta supraveghere a Ariei și a lui Niko,absorbind cunoștințele și înțelepciunea părinților lor.Fiecare dintre ei avea o misiune clară și o responsabilitate față de galaxie,dar și o conștiință din ce în ce mai puternică că amenințarea echilibrului cosmic nu se încheiase definitiv.Într-un colț îndepărtat al galaxiei,unde lumina abia ajungea,un grup de entități dispărute în urmă cu milenii au început să renască.Acestea erau creaturi cunoscute drept Umbrele Veșniciei,entități de energie pur întunecată care,spre deosebire de forțele întunecate obișnuite,posedau o conștiință profundă și o sete de cunoaștere neîngrădită.Aceste Umbre fuseseră cândva respinse de energia Sferii Echilibrului,dar acum reveneau,găsind modalități de a manipula energia echilibrului pentru propriile scopuri.Unul dintre liderii lor,o entitate enigmatică numită Vargoth,a început să strângă sub controlul său forțe din ce în ce mai puternice,punând la cale o răzbunare împotriva Forței Binelui Suprem.Vargoth știa că puterea Sferii Echilibrului era singurul obstacol în calea planului său de a întuneca întreaga galaxie.Mai mult decât atât,el a început să caute informații despre familia Forței Binelui Suprem,aflând despre puterile unice ale celor patru moștenitori și despre Sfera Luminii Întrepătrunse.În timpul acestor amenințări în creștere,Elio,înțeleptul lor protector și sfătuitor,i-a avertizat pe Aria și Niko despre prezența Umbrelor Veșniciei.El a venit cu o viziune clară:Umbrele Veșniciei nu erau simple energii întunecate,ci entități care înțelegeau echilibrul mai bine decât oricine altcineva și aveau capacitatea de a-l manipula la un nivel superior.Cu acest avertisment,Aria și Niko au decis să-și intensifice antrenamentele copiilor,învățându-i noi tehnici care combinau energia luminoasă cu cea întunecată într-un mod controlat și echilibrat.Sfera Echilibrului,acum un aliat stabil în viața lor,îi ghida în aceste lecții și le oferea instrumente și viziuni pentru a înțelege complexitatea universului.

Ran și Run, cu legătura lor telepatică și capacitatea de a manipula energii contrare, au devenit esențiale în instruirea noilor generații de protectori galactici. De asemenea, au început să dezvolte o formă de comunicare cu energia Sferii, ceea ce le permitea să simtă dezechilibrele în timp real și să intervină la nevoie. Într-o zi, Vargoth a apărut personal în fața lor, transmițând un mesaj prin intermediul unei proiecții întunecate. El și-a dezvăluit intenția: să absoarbă Sfera Echilibrului și să o folosească pentru a destabiliza întreaga galaxie, creând un haos în care doar cei care i se supuneau ar putea supraviețui. El le-a dat un ultimatum, să îi predea Sfera sau să se pregătească pentru un război fără precedent. Răspunsul familiei a fost clar: refuzau să se plece în fața întunericului. Vargoth, furios, a început să lanseze atacuri pe mai multe planete din galaxie, absorbind energia vitală a fiecăreia și destabilizând astfel echilibrul cosmic. Aceasta a determinat familia să răspundă rapid și să înceapă o serie de misiuni de salvare, lucrând pentru a restabili echilibrul în locurile afectate.

Pe măsură ce Vargoth își strângea alianțele și forțele, Aria, Niko, Ran, Run, Tai și Elan au realizat că, pentru a învinge, era nevoie de o formă de energie mai puternică decât tot ce dețineau. Atunci, Elio le-a dezvăluit existența unei energii ascunse, cunoscută drept Esența Eternă, aflată în centrul galaxiei. Aceasta era o sursă infinită de echilibru pur, dar era protejată de o serie de capcane cosmice și teste. Cu toate riscurile implicate, familia a pornit spre centrul galaxiei,înfruntând fiecare obstacol pentru a ajunge la Esența Eternă.În momentul în care au reușit să se conecteze cu această sursă,și-au amplificat puterile,fiind capabili să contracareze atacurile lui Vargoth și să reechilibreze galaxia.În bătălia finală,când Vargoth a încercat să absoarbă Esența Eternă,Ran și Run au activat o conexiune telepatică între ei și forțele de echilibru ale galaxiei,folosind toată energia Sferii Echilibrului pentru a-l înconjura și a-l opri definitiv.Sacrificiul a fost imens:puterea Sferii s-a stins pentru a dizolva complet existența lui Vargoth,iar echilibrul a fost restaurat.După victoria asupra lui Vargoth și Umbrelor Veșniciei,familia Forței Binelui Suprem a devenit cunoscută ca gardianul etern al echilibrului galactic.Esența Eternă,acum eliberată,s-a dispersat în galaxie,întărind pacea și aducând un echilibru profund între forțele luminii și ale întunericului.Aria și Niko,simțind că misiunea lor s-a încheiat,au predat cu adevărat torța copiilor lor,știind că galaxia era acum protejată de o nouă generație de protectori înțelepți și puternici.Astfel,galaxia a intrat într-o eră de pace și stabilitate,iar familia Forței Binelui Suprem a rămas un simbol pentru toate ființele conștiente,inspirând noi generații să trăiască în armonie și să apere echilibrul care susține întregul univers.Anii de pace și armonie care au urmat în galaxie au adus schimbări profunde,dar semne ale unui nou dezechilibru au început să apară.Chiar dacă Vargoth și Umbrele Veșniciei fuseseră învinse,un reziduu energetic întunecat rămas în Esența Eternă a început să se manifeste subtil,atrăgând atenția gemenilor Ran și Run.

Împreună cu Tai și Elan,ei au format o coaliție de protectori galactici,cunoscută sub numele de Gardienii Eterni,pentru a supraveghea acest echilibru fragil și a reacționa rapid la orice perturbare.În timp ce galaxia părea să prospere,o undă misterioasă de energie temporală a început să străbată spațiul.Aceasta a fost simțită de Ran și Run ca o chemare venită de dincolo de limitele galaxiei cunoscute.În viziunile lor,au văzut figuri misterioase și simboluri enigmatice,indicând existența unor ființe care reușiseră să învingă forțele timpului,trăind într-un plan paralel de existență.Acești Templieri ai Timpului,așa cum se numeau ei înșiși,nu erau aliați ai forțelor întunecate sau ale luminii,ci o entitate neutră,care considera că galaxia era instabilă și putea afecta chiar existența lor.Unul dintre liderii Templierilor Timpului,Sirios Kron,a reușit să stabilească un contact mental cu gemenele Ran și Run.El le-a avertizat că pacea aparentă din galaxie avea un preț:folosirea excesivă a Esenței Eterne pentru a reface echilibrul perturbase structura temporală,ceea ce putea duce la o implozie a spațiului-timp.Sirios Kron le-a oferit o soluție dificilă,renunțarea definitivă la Esența Eternă,aceasta fiind siguranța lor de a proteja galaxia.Dacă acceptau acest sacrificiu,galaxia putea evita o catastrofă.În ciuda avertismentului,Gardienii Eterni au decis să consulte Esența Eternă însăși.Aceasta le-a transmis un mesaj enigmatic:
-Totul are un preț.Fiecare sacrificiu va aduce la lumină noi dimensiuni ale echilibrului.Esența părea a înțelege că îndepărtarea completă a sa ar fi destabilizat și mai mult

universul,dând Templierilor Timpului acces neîngrădit în realitatea lor.Realizând că nu puteau nici să îndepărteze Esența Eternă,nici să o folosească în exces,Gardienii Eterni și Templierii Timpului au format o alianță temporară.Ran,Run,Tai și Elan au călătorit alături de Sirios Kron într-o expediție spre Nucleul Ancestral al Timpului,o regiune de la marginea galaxiei care reprezenta legătura temporală dintre realitățile paralele.Aici,au descoperit că forțele întunecate își lăsaseră amprenta asupra timpului,creând o energie stagnantă și toxică,ce ar putea afecta și realitatea lor.Prin combinarea puterilor Gardienilor Eterni și a tehnologiei avansate a Templierilor Timpului,au reușit să sigileze această fisură temporală.Totuși,operațiunea a avut consecințe:Ran și Run au simțit o slăbire a legăturii lor cu Esența Eternă,iar Esența însăși părea să se micșoreze,lăsând un gol energetic în galaxie.După sigilarea Nucleului Ancestral al Timpului,Templierii Timpului s-au retras în dimensiunea lor paralelă,lăsând Gardienii Eterni să vegheze asupra galaxiei.În semn de recunoștință,ei le-au oferit acestora o bijuterie temporală unică,Inima Timpului,care ar putea să restabilească echilibrul temporal în momentele de criză,fără a mai depinde de Esența Eternă.Această piatră era însă limitată,fiind activată doar în momentele de criză maximă.Galaxia a intrat într-o nouă eră a renașterii,în care toate ființele,inspirate de sacrificiul Gardienilor,au ales să trăiască în armonie și să păstreze echilibrul prin propriile lor acțiuni, nu prin intervenții externe.

Deși pericolele din dimensiunea temporală erau mereu posibile,Gardienii Eterni vegheau neîncetat,știind că, prin puterea lor combinată,erau capabili să păstreze ordinea în fața oricărei amenințări care ar fi venit din trecut,prezent sau viitor.Pe măsură ce galaxia își păstra echilibrul,Gardienii Eterni au început să observe mici perturbații energetice în jurul locațiilor antice unde Esența Eternă fusese mai puternică odinioară. Aceste locuri sacre păreau să reacționeze la un impuls necunoscut,iar energiile străvechi începeau să se manifeste din ce în ce mai frecvent.Într-o noapte de liniște absolută,Ran și Run au avut o viziune comună profundă,un mesaj care părea să vină din străfundurile Esenței dispărute.În acest vis,o prezență misterioasă le-a arătat o figură necunoscută,un străjer necunoscut al echilibrului,îmbrăcat în lumină și întuneric,înzestrat cu o putere vastă și echilibrată, care avea să devină esențial pentru viitorul galaxiei.Această ființă părea a fi rezultatul unei unificări perfecte între forțele luminii și ale întunericului,ceva ce nici măcar Esența Eternă nu fusese capabilă să creeze.Această viziune le-a spus doar atât:
-Pentru a păstra echilibrul,trebuie să găsiți ceea ce nu a fost niciodată născut,ci doar forjat.Căutați Luminile Întunecate.Guidată de acest mesaj criptic,familia Gardienilor Eterni s-a îmbarcat într-o căutare prin toate colțurile galaxiei pentru a găsi urmele Luminilor Întunecate,obiecte străvechi de o putere inegalabilă,ce ar fi putut reprezenta echilibrul final dintre lumină și întuneric.

Aceste Luminile Întunecate erau zvonite să fi fost ascunse de o civilizație de mult dispărută,civilizația Aglara,cunoscută pentru înțelegerea sa profundă a tuturor energiilor cosmice.Primul loc pe care l-au explorat a fost planeta Rh'toan,unde se afla unul dintre ultimele temple ale Aglarei.Construcția,veche și aproape ruinată,era înconjurată de o aură care părea să absoarbă orice energie din jurul ei,creând o atmosferă de liniște totală.Aici,Tai și Elan au descoperit o poartă de lumină eterică și întuneric condensat,un portal către un loc numit Nexusul Lumilor Interzise,unde se spunea că Luminile Întunecate își găsesc adevărata formă.Când au trecut prin poartă,Gardienii Eterni au ajuns într-o lume atemporală, unde forțele luminii și întunericului se învârteau necontenit într-o spirală cosmica.Aici,Luminile Întunecate li s-au arătat sub forma unor sfere rotitoare,fiecare capturând un fragment de memorie cosmică și energie pură.Pentru a le atinge,Gardienii au fost supuși unor teste nemiloase,forțați să se confrunte cu propriile lor slăbiciuni și frici.În final,au reușit să obțină două dintre Luminile Întunecate,care li s-au revelat sub formă de artefacte strălucitoare,unul plin de lumină aurie și altul de o întunecime profundă.Aceste artefacte dețineau puterea de a echilibra orice dezechilibru din galaxie,dar numai dacă erau folosite împreună,și doar de către cei care aveau inimi perfect echilibrate între bine și rău.Între timp,Ayno,fiul fostului general Alone și moștenitorul Forțelor Întunecate,a primit vești despre căutarea Gardienilor Eterni.Conștient de amenințarea pe care Luminile Întunecate le-ar putea reprezenta pentru puterea sa,Ayno a decis să-și strângă o alianță cu alte entități întunecate și răzbunătoare din galaxie,care doreau să distrugă familia Forței Binelui Suprem.Printre aliații săi se aflau creaturi din vechime,spectre și ființe energetice care nu ar fi tolerat niciodată să trăiască sub o nouă ordine cosmică.Ayno și aliații săi au lansat un atac direct asupra planetei Rh'toan,unde Gardienii Eterni încă se aflau.Cele două Luminile Întunecate,aflate acum în posesia familiei,au devenit obiectivul principal al forțelor lui Ayno.Gardienii Eterni au fost nevoiți să se retragă și să găsească o modalitate de a combina puterea Luminilor Întunecate pentru a face față atacului.În cele din urmă,în impul unei bătălii decisive,Ran și Run au reușit să canalizeze energiile Luminilor Întunecate printr-o uniune de energie pură,creând un scut cosmic care a separat temporar forțele întunericului de lumină.În acea clipă,Sfera Echilibrului,de mult dispărută, s-a manifestat într-o formă nouă,ca o Sferă Unificată,menită să vegheze asupra întregii galaxii și să absoarbă orice dezechilibru.Ayno,văzând că planul său a eșuat,s-a retras,jurând că va căuta o nouă cale de a accesa Luminile Întunecate.Gardienii Eterni,acum întăriți de noua Sferă Unificată,au devenit mai puternici decât oricând,gata să protejeze galaxia de orice amenințare viitoare.Cu Luminile Întunecate alături de ei,Gardienii Eterni au reușit să stabilească o nouă eră de pace,una în care energia echilibrului era mai puternică și mai stabilă ca niciodată.

Sfera Unificată veghea necontenit asupra galaxiei,iar Gardienii Eterni și-au asumat responsabilitatea de a păstra ordinea,știind că undeva,în colțurile întunecate ale universului,Ayno încă pândea,pregătit să încerce din nou să dezlănțuie haosul.

Capitolul 4: O Nouă Amenințare

În perioada de pace ce a urmat după retragerea lui Ayno,Gardienii Eterni s-au concentrat pe consolidarea alianțelor galactice și au început un program de instruire pentru noi protectori ai echilibrului.Acești tineri Gardieni,aleși dintre cele mai puternice și înțelepte rase din galaxie,urmau să fie pregătiți să apere echilibrul cosmic,sub îndrumarea atentă a lui Ran,Run,Tai și Elan.În timp ce pacea părea stabilă,forțele întunericului își găsiseră un refugiu într-o regiune de mult uitată a universului,cunoscută drept Vortexul Negru.Aici,Ayno și aliații săi au început să studieze misterele acestei zone ciudate,unde legile spațiului și timpului erau distorsionate.Vortexul era o zonă de haos și întuneric absolut,dar și o poartă către energii necunoscute.Ayno și aliații săi au descoperit aici un nou tip de energie întunecată,o forță capabilă să consume orice formă de lumină și să se alimenteze din însăși Esența Vieții. Înțelegând potențialul acestui Flux Negru,Ayno a creat un plan de a construi o armată de ființe imateriale,umplute de energie întunecată,care să fie invizibile pentru majoritatea senzorilor obișnuiți.Aceste ființe,cunoscute sub numele de Umbrele Vortexului,urmau să fie invizibile,dar și capabile să se infiltreze în nucleul puterii Gardienilor Eterni,de la distanță. Elan,fiind cel mai intuitiv dintre Gardieni,a simțit o prezență amenințătoare dinspre Vortexul Negru.În meditațiile sale,a avut o viziune,o galaxie înghițită treptat de o forță întunecată invizibilă,iar cei dragi lui,Ran și Run,fiind prinși într-un vortex din care nu aveau scăpare.De asemenea,a văzut Sfera Unificată încercând să lupte împotriva acestei forțe,dar slăbind treptat.Elan le-a împărtășit viziunea celorlalți Gardieni,iar aceștia au decis să trimită o echipă de explorare către Vortexul Negru,formată din cei mai puternici și experimentați dintre noii lor recruți.Această echipă urma să cerceteze natura energiei întunecate și să afle mai multe despre planurile lui Ayno.Echipa de explorare,condusă de Gardianul Kairos,un tânăr cu abilități telepatice excepționale,a intrat în Vortexul Negru.În mijlocul acestui haos cosmic,membrii echipei au întâlnit fenomene inexplicabile și distorsiuni temporale.

Simțeau cum timpul încetinea și se accelera,iar senzațiile lor deveneau confuze.Kairos a reușit,prin concentrarea sa mentală,să comunice cu Umbrele Vortexului,descoperind că acestea nu erau ființe conștiente,ci mai degrabă extensii ale voinței lui Ayno.De asemenea,el a perceput că însăși prezența lor în acel loc hrănea energia întunecată și îi oferea lui Ayno și mai mult control asupra acestor ființe eterice.După o misiune extenuantă,Kairos și echipa sa s-au întors cu informații cruciale.Prin legătura lor cu energia Vortexului Negru,Gardienii au descoperit că singura modalitate de a neutraliza Umbrele Vortexului era utilizarea unui echilibru perfect între lumină și întuneric,activând Sfera Unificată într-un mod care să rezoneze cu energia întunecată.Cu toate acestea,prețul era mare:cineva trebuia să se conecteze direct la Sferă și să devină un canal al ambelor energii,un sacrificiu extrem de periculos.Ran și Run,fiind cei mai puternici dintre Gardieni și legați de Sfera Unificată,s-au oferit voluntari.

Cu sprijinRan și Run,pregătindu-se pentru această sarcină dificilă,s-au retras într-un templu antic,cunoscut ca Sanctuarul Echilibrului,un loc protejat de influențele galaxiei și amplificat energetic pentru meditație și ritualuri de unire cu Sfera Unificată.Tai și Elan i-au asistat în pregătiri,protejându-i și sprijinindu-i mental,conștienți de sacrificiul pe care cei doi erau dispuși să-l facă.

În liniștea Sanctuarului,Ran și Run au intrat într-o meditație profundă,activând Sfera Unificată printr-o conexiune care le-a legat spiritul de energiile primordiale

ale luminii și întunericului. Pe măsură ce meditația lor avansa,simțeau cum energiile contrastante îi inundau și le testau limitele.Run putea percepe forța copleșitoare a întunericului,o senzație de infinit și forță brută,în timp ce Ran era străbătut de o lumină divină,calmă și plină de înțelepciune.În acea stare de echilibru pur,cei doi au atins un nivel de conștiință comună,unind toate trăirile lor într-o singură energie,Esența Echilibrului Absolut.Aceasta a fost prima dată când Sfera Unificată a reacționat la întreaga sa capacitate.Prin puterea ei,Ran și Run au reușit să creeze un câmp energetic care radia echilibru perfect,neutralizând și dizolvând orice urmă de energie întunecată în apropiere.Efectul acestei activări s-a extins dincolo de Sanctuar,ajungând până la granițele Vortexului Negru și afectând Umbrele Vortexului,care au început să se dezintegreze sub influența acestui nou echilibru.Simțind slăbirea propriilor Umbre,Ayno a reacționat imediat.Conectat prin energie la Vortexul Negru,a canalizat întreaga forță a acestuia într-un atac furibund asupra Gardienilor Eterni.Însă pentru a trece de bariera energetică creată de Ran și Run,Ayno a fost nevoit să intre el însuși în câmpul creat de Sfera Unificată,expunându-se la influențele sale echilibrante.În acea clipă,Ayno s-a simțit copleșit de puterea echilibrului,o stare complet străină pentru el.Fusese atât de mult timp conectat doar la întuneric,încât forțele luminii și ale liniștii l-au slăbit și l-au dezorientat.Fără să aibă altă opțiune,a încercat să se protejeze canalizându-și întreaga furie,dar acest lucru doar i-a accelerat declinul.

Sfera Unificată părea să se hrănească din dezechilibrul său interior,atrăgându-l într-o confruntare psihologică inevitabilă.Tai și Elan,observați cu atenție lupta interioară a lui Ayno,și-au dat seama că unica soluție era să îl ajute să se împace cu propriile temeri și dezechilibre.Cu toate că Ayno fusese un dușman teribil,Tai a ales să încerce să-i vorbească mental,într-un ultim efort de a-l readuce la o stare de echilibru.Prin telepatie,Tai i-a arătat amintiri de pe vremea când era copil,înainte de a fi corupt de Forțele Întunericului,sperând să-i redea o fărâmă din inocența pierdută.La început,Ayno a respins vehement aceste amintiri,dar,pe măsură ce rezistența sa slăbea,a început să își aducă aminte de vremurile când încă mai avea un echilibru interior.Aceasta a declanșat o transformare profundă,Ayno a început să piardă legătura cu energia întunecată și a simțit o parte din lumina Sferii Unificate infiltrându-se în conștiința lui.Când lumina și întunericul au ajuns în final la un echilibru în sufletul său,Ayno s-a prăbușit,epuizat,dar transformat.Energia Vortexului Negru a început să se disipe,iar umbrele rămase s-au dezagregat complet.Gardienii Eterni și-au dat seama că această victorie nu era doar una fizică,ci și una simbolică:reușiseră să convertească o parte din întuneric în lumină,asigurând astfel un viitor mai stabil pentru galaxie.Recunoscător pentru ceea ce i-au arătat,Ayno a ales să părăsească vechea cale a distrugerii și a decis să se alăture Gardienilor Eterni ca un aliat.Deși conștient de umbra trecutului său, prezentul și viitorul.În acest haos temporal,Elan a văzut imagini cu Ran,Run,Tai și chiar Ayno într-o versiune mult mai îmbătrânită și obosită.Simțind urgența acestei amenințări,Elan i-a alertat pe ceilalți Gardieni.Ran și Run,fiind cei mai legați de echilibrul cosmic,au simțit imediat perturbațiile produse de Cortina Timpului.Deși antrenamentul lor le permitea să perceapă aceste schimbări temporale,efectele Cortinei erau mult mai intense decât orice mai întâlniseră.Distorsiunile începuseră să creeze fracturi temporale,fenomene ciudate în care anumite locuri din galaxie erau prinse între trecut și viitor,amenințând să destabilizeze întreaga structură a timpului.Gardienii Eterni au decis să călătorească până la sursa distorsiunilor,undeva la marginea galaxiei.Ayno,datorită cunoștințelor sale despre energii întunecate și necunoscute,i-a ghidat într-o regiune unde realitatea părea distorsionată.Aici,au descoperit un portal eteric care părea să ducă într-o dimensiune necunoscută,posibil chiar în inima Cortinei Timpului.Pentru a trece prin acest portal,Gardienii au trebuit să activeze o conexiune profundă cu Sfera Unificată,acceptând riscul de a fi absorbiți într-o realitate alternativă.Înainte de a păși în necunoscut,Ran și Run au împărtășit un moment de calm,reamintindu-și scopul comun de a păstra echilibrul cosmic.Odată intrați în dimensiunea Cortinei Timpului,Gardienii au fost surprinși de peisajul atemporal și haotic.Trecutul și viitorul erau fuzionate într-o serie de secvențe vii,viziuni cu conflicte din trecut,dar și imagini ale unei posibile distrugeri viitoare a galaxiei.În această dimensiune,au întâlnit o entitate cunoscută drept Chronos,o ființă veche ce părea să vegheze asupra fluxului temporal al tuturor lucrurilor.Chronos le-a dezvăluit că Cortina Timpului fusese creată ca o formă de protecție împotriva dezechilibrelor,dar că,de-a lungul timpului,acumulase distorsiuni și devenise conștientă de sine,dezvoltându-și propria voință.Acum,Cortina încerca să își impună ordinea asupra întregului univers,neînțelegând că forțarea unui echilibru rigid putea distruge realitatea însăși.Pentru a restaura echilibrul și a opri Cortina,Gardienii au realizat că trebuiau să elimine sursa conștiinței acesteia,o sferă temporală din inima dimensiunii.Ayno,cu cunoștințele sale despre energii complexe,a preluat conducerea.Cu ajutorul lui Tai și Elan,au elaborat o strategie de a sparge sfera temporală și de a dizolva conștiința Cortinei în fluxul natural al timpului.Într-un ultim efort,Ran și Run au creat un câmp de echilibru energetic în jurul sferei,în timp ce Ayno a desfăcut bariera dimensională.Cu o explozie de lumină,sfera temporală s-a dezintegrat,iar Cortina Timpului a început să se dizolve,eliberând fluxurile temporale captive și readucând ordinea în spațiu-timp.Elan,vizibil afectat de viziunea pe care o avusese,le-a reamintit tuturor că nu există o stabilitate eternă;echilibrul cosmic trebuie menținut și vegheat constant.Această experiență i-a unit pe Gardieni mai mult ca niciodată,fiecare realizând că rolul lor este unul de sacrificiu și vigilență.Pacea a fost restaurată,iar Gardienii Eterni s-au întors în galaxia lor,gata să își continue misiunea de protectori ai echilibrului.Această confruntare cu Cortina Timpului i-a învățat o lecție profundă:nu există progres fără schimbare și adaptare,iar echilibrul poate fi atins doar prin flexibilitate și înțelegere.Galaxia a înflorit într-o nouă eră a cunoașterii,iar Gardienii Eterni au rămas în veghe,păstrând mereu deschise legăturile dintre lumină și întuneric,timp și spațiu, pentru a proteja viitorul tuturor ființelor.Pe măsură ce timpul trecea și galaxia prospera sub echilibrul asigurat de Gardienii Eterni,un nou zvon a început să circule printre rasele din galaxie,despre o entitate cunoscută ca Ecoul Tăcerii,o forță misterioasă care părea să se hrănească din vibrațiile emise de conflicte și de fricțiunile subtile ale echilibrului cosmic.Nimeni nu știa exact de unde provenea această entitate sau dacă era prieten sau dușman,dar mai mulți observatori au raportat apariția ei în zone afectate de evenimente dramatice.Gardienii Eterni au început să investigheze,coordonând echipe de monitorizare și cercetare în regiunile afectate.Tai și Elan,având cea mai mare experiență în analiza energiilor subtile,s-au dedicat descoperirii naturii acestei entități.Într-o expediție pe o planetă îndepărtată,ei au găsit semne neobișnuite:vibrații imperceptibile pentru simțurile obișnuite,dar destul de intense pentru a perturba structura energetică a locului. Aparent,Ecoul Tăcerii își făcea simțită prezența nu prin acțiune directă,ci prin amplificarea energiilor reziduale și și instabilităților de echilibru.Ran și Run,acum mai experimentați în manipularea Sferelor Unificate,au încercat să simtă și să urmărească vibrațiile lăsate de Ecoul Tăcerii.Printr-o meditație profundă,au reușit să capteze un firicel din această energie,urmărind-o până într-un spațiu interdimensional,unde realitatea părea să fie un labirint de sunete și tăceri.Când Gardienii au încercat să invoce Sfera Unificată pentru a înțelege mai bine Ecoul Tăcerii,au simțit o rezistență neașteptată.Era ca și cum Sfera însăși era supusă unei instabilități în prezența acestei entități.Aparent,Ecoul Tăcerii nu doar absorbea energiile conflictuale,dar părea să provoace dezechilibre chiar în centrul echilibrului cosmic,o anomalie care făcea imposibilă menținerea unei armonii perfecte.Ayno,cu intuiția și cunoștințele sale adunate de-a lungul experiențelor cu întunericul și transformarea sa, și-a dat seama că Ecoul Tăcerii putea fi mai mult decât o simplă entitate parazitară. Într-o ședință de strategie cu toți Gardienii,el a împărtășit ipoteza că Ecoul ar putea fi o proiecție a umbrei lăsate de toate energiile pe care Sfera Unificată le-a absorbit de-a lungul timpului,o manifestare naturală a tuturor conflictelor rezolvate,dar niciodată complet eradicate.

Capitolul 5: Călătoria către Origini

Decişi să afle adevărul,Gardienii au decis să intre în spaţiul interdimensional unde vibraţia Ecoului era cea mai puternică.Era un loc unde realitatea se împletea cu amintiri,unde orice gând sau emoţie se amplifica şi devenea tangibil.În acest spaţiu,Gardienii s-au confruntat cu materializări ale propriilor temeri,îndoieli şi regrete.Ecoul Tăcerii părea să le cunoască slăbiciunile şi să le amplifice,încercând să-i destabilizeze emoţional.Ran şi Run, fiind cei mai conectaţi la echilibru, au început să reziste influenţei Ecoului, găsindu-şi forţa în unitatea şi legătura lor. Ceilalţi Gardieni i-au urmat, concentrându-se pe armonia grupului.Ayno,care simţea o legătură mai profundă cu Ecoul Tăcerii,s-a apropiat de centrul energiei,încercând să intre în rezonanţă cu ea.În momentul în care s-a sincronizat cu frecvenţa Ecoului,acesta a încetat brusc,iar o voce calmă şi profundă a răsunat în minţile lor.Vocea le-a explicat că Ecoul Tăcerii era rezultatul rezidual al tuturor dezechilibrelor rezolvate,dar niciodată complet absorbite.
-Eu sunt umbra care rămâne,a spus vocea.Eu exist pentru că echilibrul este o iluzie.
-Fiecare conflict,fiecare dezechilibru lăsat neterminat îşi găseşte o reflecţie în mine.Gardienii au înţeles atunci că pentru a menţine echilibrul cu adevărat,trebuiau să accepte că întotdeauna vor exista umbre şi ecouri ale conflictelor trecute.Tai a vorbit în numele tuturor, oferind Ecoului un loc în Sfera Unificată,

nu ca o forță distructivă,ci ca o manifestare a acceptării.Această integrare a întunericului și a ecourilor din trecut ar fi creat un echilibru mai complex și durabil.Ecoul Tăcerii a acceptat,iar în momentul în care s-a unit cu Sfera,o lumină caldă și puternică a învăluit totul. Gardienii au simțit cum echilibrul lor interior devenea mai profund,mai autentic.Sfera Unificată a devenit astfel mai puternică,capabilă nu doar să mențină ordinea,ci și să îmbrățișeze realitățile conflictelor și să creeze pace din înțelegere,nu din suprimare.După această experiență,Gardienii au realizat că scopul lor nu era să elimine complet întunericul sau să creeze o pace absolută,ci să permită coexistența și integrarea ambelor forțe,într-un echilibru mai nuanțat.Galaxia a continuat să prospere sub veghea lor,iar Sfera Unificată,acum completă,a rămas un simbol al puterii armoniei,o armonie care includea atât lumina,cât și umbrele trecutului.După integrarea Ecoului Tăcerii în Sfera Unificată,

Gardienii Eterni au observat o transformare subtilă dar profundă în felul în care echilibrul cosmic se manifesta.Sfera Unificată,care anterior pulsa într-o armonie constantă,acum emitea o energie variabilă,adaptabilă și mai complexă.Această schimbare a atras atenția unei noi forțe,una antică și uitată,cunoscută sub numele de Veșmântul Stelelor,o entitate a timpului și spațiului care acționa ca un arbitru al schimbărilor fundamentale din univers.Veșmântul Stelelor era o entitate formată din pulberi de lumină și energie întunecată,un amestec între material și imaterial,care părea să fie în contact cu toate realitățile posibile ale universului.Prin manifestările sale,Gardienii au înțeles că Veșmântul Stelelor nu era interesat de echilibrul lor;în schimb,această entitate încerca să mențină fluxul natural al schimbărilor și al transformărilor,indiferent dacă acestea implicau pace sau conflict.Ran și Run,conectați profund la natura duală a Sferelor,au fost primii care au înțeles că Veșmântul Stelelor era,de fapt, un observator și un protector al evoluției universului.Într-o noapte liniștită,entitatea le-a apărut în vis,întruchipându-se sub forma unui nor strălucitor care se metamorfoza constant.Le-a transmis un mesaj:

-Universul trebuie să evolueze.Împotriva stazei și a stagnării,eu sunt schimbarea.Veșmântul Stelelor a avertizat Gardienii că existența lor și echilibrul lor ar putea deveni,în timp,o piedică pentru evoluția naturală a universului.Stabilitatea prea rigidă,chiar și una care accepta umbrele trecutului,putea duce la o stagnare a întregii galaxii.

Așadar,Gardienii aveau acum o nouă misiune:să faciliteze transformările în univers fără a impune o stare eternă de echilibru.Ayno,conștient de propriul său trecut de transformări și compromisuri,a sugerat un plan:Gardienii ar putea să se retragă treptat,lăsând rasele galactice să își creeze propriile sisteme de protecție și echilibru.Ar putea fi ghizi,dar nu lideri permanenți,oferind asistență doar în momentele critice.Acesta era modul prin care ar putea permite fluxului natural să continue fără a interveni constant.Dar Veșmântul Stelelor a adus și o altă veste:Forțele Dominatoare,care se refugiaseră pe altă planetă,descoperiseră o modalitate de a traversa universuri paralele.În această nouă dimensiune,Kany,Argona și Ayno cel Tânăr își găsiseră aliați puternici și planificau să revină pentru o ultimă încercare de a destabiliza galaxia și de a distruge Gardienii Eterni.Ei erau conștienți că dacă ar putea distruge echilibrul cosmic al Gardienilor,Veșmântul Stelelor nu i-ar opri,căci Veșmântul considera schimbarea inevitabilă.Gardienii au organizat un plan defensiv,dar de această dată au ales să ofere un rol activ aliaților galactici.Rasele cu care Gardienii colaboraseră de-a lungul timpului au fost chemate la o adunare intergalactică,unde Ran și Run au explicat situația.Au decis să împartă cunoștințele despre Sfera Unificată și tehnicile de echilibrare a energiilor,permițând fiecărei civilizații să devină o forță de protecție în sine.În ciuda pregătirilor,Forțele Dominatoare au atacat prin portaluri interdimensionale,lansând o ofensivă devastatoare asupra unei serii de planete.Gardienii Eterni,împreună cu aliații lor,au fost nevoiți să riposteze.Fiecare Gardian și fiecare rasă aliată luptau acum pentru protecția propriei existențe și pentru a respinge o forță capabilă să distrugă tot ceea ce fusese construit.Ayno și Ran au coordonat trupele și strategiile,iar Elan și Tai au folosit Sfera Unificată pentru a întări barierele dimensionale.Forțele Dominatoare și aliații lor din dimensiunea alternativă au fost împinși înapoi cu greu.Cu ajutorul Veșmântului Stelelor,Gardienii au reușit să închidă ultimele portaluri,capturând rămășițele acestei amenințări într-o dimensiune izolată,de unde nu ar mai fi putut ieși niciodată.După victorie,Gardienii au decis să își respecte promisiunea față de Veșmântul Stelelor.Ei au delegat rasele galactice cu responsabilitatea de a menține echilibrul în mod colectiv și au creat un consiliu intergalactic al armoniei,un sistem de colaborare fără intervenție directă din partea Gardienilor Eterni.În cele din urmă,Gardienii s-au retras într-o stare de observatori și ghizi,intervenind doar atunci când galaxiile lor aveau nevoie de ajutor în momente de cumpănă.Veșmântul Stelelor a devenit un simbol al schimbării continue și al evoluției,iar Gardienii și-au petrecut restul existenței veghează asupra galaxiei din umbră.Astfel, povestea Gardienilor Eterni se transformă într-o legendă,iar ecoul faptelor lor se va păstra în memoria universului.Iar dacă vreodată echilibrul cosmic ar fi din nou amenințat,șoaptele Veșmântului Stelelor și puterea Sferelor Unificate vor rămâne veșnic în vigilență.Deși Gardienii Eterni s-au retras,rămânând doar ca ghizi și observatori,galaxia a continuat să prospere sub protecția alianței intergalactice.

Consiliul Armoniei,format din reprezentanți ai fiecărei rase,a devenit un punct central de colaborare și decizie.Fiecare planetă își jura loialitatea către binele comun,iar Sfera Unificată,acum stabilizată de integrarea Ecoului Tăcerii, devenise un simbol al păcii și al coeziunii universale.Cu toate acestea,forțe necunoscute își făceau simțită prezența în marginile îndepărtate ale galaxiei.Portaluri temporale și interdimensionale,cândva instabile,deveniseră dintr-o dată mai ușor de manipulat,iar tehnologii necunoscute își făceau apariția printre rasele mai puțin avansate.O serie de tulburări energetice păreau să indice o influență externă misterioasă,una care părea să se furișeze pe nesimțite în colțurile liniștite ale universului.Ran și Run,care patrulau și observau de la distanță,au simțit vibrațiile ciudate emanate din aceste regiuni.Împreună cu Ayno,și-au concentrat energiile pentru a analiza structura acestor tulburări.Ceea ce au descoperit i-a tulburat:erau influențe temporale dislocate,unde trecutul și viitorul se ciocneau într-un vortex energetic.Părea că o entitate din altă dimensiune încerca să acceseze nu doar spațiul lor,ci și fluxul temporal, căutând ceva anume,sau poate pe cineva.Această entitate misterioasă,cunoscută mai târziu sub numele de Umbra Arhaică,era rezultatul unui experiment eșuat dintr-un univers paralel.Umbra Arhaică era o conștiință colectivă străveche,creată din fragmente de suflete și energii de pe multiple planuri temporale,unite de dorința de a găsi un loc unde timpul și spațiul se întrepătrund fără limitări.

Fiind o entitate capabilă să manipuleze fluxul temporal,Umbra Arhaică era deosebit de periculoasă,căci putea modifica evenimentele din trecut pentru a influența viitorul.În timp ce Consiliul Armoniei era în alertă maximă,o nouă creatură misterioasă a apărut,autointitulată Ucigașul de Timp.Această entitate,care părea să fie o creație a Umbrei Arhaice,avea capacitatea de a întrerupe liniile temporale ale indivizilor,schimbând traiectoriile lor și ștergându-i din fluxul temporal.Ucigașul de Timp era un războinic spectral,a cărui formă și esență se modificau constant,trimițând unde de frică în inimile celor care îi simțeau prezența.Gardienii au realizat că această creatură era o încercare de a destabiliza echilibrul cosmic prin perturbarea evenimentelor-cheie.Ucigașul de Timp viza membri ai Consiliului Armoniei și figuri proeminente ale rasei Gardienilor,sperând să-i distrugă din umbră și să creeze o serie de fisuri temporale în ordinea stabilită.Pentru a combate aceste amenințări,Gardienii au creat o unitate specială,cunoscută ca Templarii Eterni,o echipă de luptători și cercetători dedicați studiului și protecției fluxului temporal.Conduși de Ayno,care avea experiența umbrei și a renașterii din întuneric,Templarii au început să își sincronizeze energiile pentru a intercepta și a îndepărta influența Ucigașului de Timp.Ayno a descoperit o tehnică veche prin care puteau izola anumite fluxuri temporale,creând „bariere temporale"care împiedicau Ucigașul să acceseze anumite momente.Aceste bariere temporale aveau nevoie de menținere constantă și de o concentrare uriașă,dar erau singura modalitate de a proteja punctele sensibile ale istoriei universale.Într-o ultimă încercare de a restabili liniștea în galaxie,Gardienii și Templarii Eterni au organizat o misiune pentru a găsi și a înfrunta însăși Umbra Arhaică.Folosindu-se de Sfera Unificată,care putea „simți" toate perturbările energetice,Gardienii au reușit să localizeze baza Umbrei într-un spațiu interdimensional în care toate fluxurile temporale convergeau.În timpul confruntării,Umbra Arhaică a încercat să îi ademenească pe Gardieni în iluzii ale trecutului și viitorului,sperând să îi prindă în capcana unei bucle infinite.Tai și Elan au reușit să contracareze atacul,păstrându-și concentrarea asupra realității prezente și folosindu-se de energia lor unificată pentru a crea o oglindă cosmică.Această oglindă cosmică a captat esența Umbrei și a reflectat-o înapoi,forțând-o să se privească pe sine și să devină captivă într-o buclă proprie de iluzii.În acest fel,Umbra Arhaică a fost prinsă și izolată într-un spațiu de unde nu mai putea influența nici timpul,nici spațiul,fiind condamnată să trăiască în propriile sale proiecții temporale.După victoria asupra Umbrei Arhaice,Gardienii au decis să ofere Templariilor Eterni rolul de protectori ai fluxului temporal,în timp ce ei continuau să vegheze asupra echilibrului cosmic.Ucigașul de Timp a fost dezactivat și energia sa a fost absorbită în Sfera Unificată,acum mai puternică și mai stabilă ca niciodată.Consiliul Armoniei a sărbătorit eliberarea de influențele negative,iar galaxia a intrat într-o nouă eră de pace și dezvoltare.Deși Gardienii știau că niciodată nu ar putea elimina toate forțele întunericului și schimbării, ei erau pregătiți să protejeze galaxia împotriva oricărei încercări de a destabiliza echilibrul,fie că ar fi venit din spațiu,timp sau din alte dimensiuni.Și astfel,povestea Gardienilor Eterni a devenit un mit viu,o legendă despre sacrificiu,unitate și puterea de a înfrunta orice întuneric,păstrând mereu lumina echilibrului cosmic.

Capitolul 6: Trecerea Timpului

Anii au trecut,iar pacea care părea de nezdruncinat era acum parte din viața de zi cu zi a locuitorilor galaxiei.Templarii Eterni patrulau tărâmurile temporale,monitorizând orice fluctuație,iar Gardienii Eterni deveniseră figuri aproape mitologice,evocate în povestirile copiilor din toate colțurile universului.Dar liniștea lor era pe cale să fie zdruncinată de o serie de evenimente misterioase.În colțurile îndepărtate ale galaxiei,unde stelele abia licăreau,au apărut fracturi subtile în structura temporală,semnalând o energie necunoscută.Pe măsură ce Templarii investigau,au descoperit un fenomen rar,numit Ruptura Continuumului,care părea să afecteze nu doar timpul și spațiul,ci și însăși esența ființelor vii.În mijlocul acestui haos, un chip din trecutul Gardienilor a reapărut:un personaj numit Thaloron,un vechi aliat al Gardienilor Eterni care dispăruse cu secole în urmă într-o misiune în afara galaxiei.Thaloron avea capacități unice de a naviga între dimensiuni și era cunoscut pentru înțelegerea profundă a fluxurilor energetice și temporale.

Însă Thaloron nu mai era același.Deși în aparență părea neschimbat,Templarii simțeau o energie diferită în jurul său,ca și cum ar fi fost atins de o forță necunoscută.El a apărut dintr-o dată în fața consiliului și a avertizat despre o nouă entitate cunoscută sub numele de Colectorul de Umbre,o conștiință interdimensională care aduna fragmente ale ființelor,extrăgându-le esența pentru a-și construi propria realitate distorsionată.Colectorul de Umbre viza entități puternice pentru a-și crește forța și a le modela energia pentru un plan întunecat:crearea unui nou univers paralel,construit din rămășițele celui original. Pentru a preveni extinderea Colectorului,Templarii Eterni au hotărât să formeze o alianță cu Thaloron și să creeze o nouă unitate de elită, cunoscută ca Neo-Gardienii.Neo-Gardienii au fost instruiți în tehnici de luptă interdimensională,capabili să perceapă și să manipuleze fluxuri de energie pe care nici măcar Gardienii Eterni nu le cunoscuseră.Arma lor principală era Vârtejul Temporal, o abilitate unică de a încetini timpul în jurul lor,prin care puteau neutraliza atacurile și încapsula energia inamicilor,împiedicând-o să evadeze în dimensiuni alternative.Guidonați de intuiția lui Thaloron,Neo-Gardienii au pornit într-o misiune către Lăcașul Umbrelor,locul din care Colectorul își trăgea puterea.Era un spațiu situat într-o intersecție de dimensiuni,unde realitatea se destrăma și se recompunea constant,un loc unde timpul și spațiul se îmbinau într-un haos controlat.În Lăcașul Umbrelor,Neo-Gardienii au descoperit relicve ale trecutului,rămășițe ale celor care fuseseră absorbiți de Colector.Fiecare relicvă păstra fragmente din amintirile și energiile acelor ființe,o dovadă a măreției lor pierdute. Colectorul însăși apăru sub forma unui vortex întunecat,o prezență imaterială care comunica prin intermediul gândurilor și visurilor,ademenindu-i cu promisiuni de putere absolută.În confruntarea finală,Neo-Gardienii au pus la cale un plan îndrăzneț:să prindă Colectorul într-o capcană energetică,folosindu-și abilitățile temporale pentru a crea o „celulă de staza".Thaloron,însă,a dezvăluit că avea propriul său plan,sugerând că ar putea fi mai ușor să se alăture Colectorului și să accepte oferta sa de putere în schimbul păcii.Această dezvăluire a stârnit conflicte între Neo-Gardieni,dar Aria și Niko,cei mai experimentați dintre ei,au decis să urmeze planul original.Într-un act final de curaj,au creat capcana și au reușit să prindă Colectorul,folosindu-se de propria lui energie pentru a-l captura într-o dimensiune alternativă,de unde nu ar mai fi putut evada.După înfrângerea Colectorului,Neo-Gardienii s-au întors în galaxie,având de acum responsabilitatea de a menține ordinea în dimensiunile temporale și de a preveni orice alte influențe externe care ar fi putut destabiliza echilibrul.Gardienii Eterni,acum retrași,priveau cu mândrie cum Neo-Gardienii preluau misiunea de a proteja galaxia,ducând mai departe moștenirea și valorile lor.Cu toate acestea,întrebările rămâneau: cine erau creatorii adevărați ai Colectorului și ce alte entități mai puteau amenința liniștea universală? Neo-Gardienii știau că provocările abia începeau și că viitorul avea să le aducă noi aventuri în lupta neîntreruptă dintre lumină și întuneric,cunoaștere și necunoscut.După triumful împotriva Colectorului,Neo-Gardienii s-au întors pe Pământ,însă o atmosferă neliniștită plutea deasupra lor.Cu toate că galaxia părea protejată,Neo-Gardienii și-au dat seama că existența Colectorului era doar o parte a unui plan mai mare.În tot acest timp,energiile manipulate de entitățile întunecate destabilizaseră structura realității într-un mod mai profund decât și-ar fi putut imagina.În liniștea unei nopți,Aria a avut o viziune intensă și tulburătoare.Ea se vedea pe o planetă stranie,pe care nu o recunoștea, și simțea prezența unei forțe nefirești,un soi de energie întunecată ce îi pătrundea sufletul și îi aducea o teamă adâncă.În visul ei,apăreau fărâme de memorie,ca și cum cineva ar fi încercat să o contacteze dintr-o altă dimensiune.Când s-a trezit,a realizat că mesajul nu venea doar de la viziunea ei,ci de la o ființă de dincolo de timp și spațiu.În curând,Neo-Gardienii au început să experimenteze cu toții vise asemănătoare.În fiecare dintre ele,un simbol straniu și enigmatic apărea pe cer,iar un mesaj codat era transmis către mințile lor.După investigații intense,au descoperit că simbolul se asemăna cu emblemele folosite în Proiectul Phaedra,precursorul Proiectului Nexus.Înțelegând că rădăcinile conflictului lor actual se întindeau înapoi la originile Proiectului Phaedra,Neo-Gardienii au decis să investigheze în profunzime.Călătoria lor i-a condus către o planetă izolată,unde se zvonea că Proiectul Phaedra își desfășurase experimentele finale.Pe măsură ce s-au apropiat,au descoperit că întreaga planetă era acoperită de un strat gros de energie necunoscută,o barieră pe care doar cei cu capacități extraordinare o puteau traversa.În adâncul acestui loc abandonat,au descoperit urme ale experimentelor din Proiectul Phaedra,camere de testare,aparatură învechită și înregistrări incomplete.Printre ele se afla o descoperire neașteptată:documente care dezvăluiau că Proiectul Phaedra nu fusese un eșec total,ci mai degrabă o încercare de a controla forțe necunoscute,poate chiar aceeași entitate care devenise Colectorul.Se părea că Phaedra experimentase cu energii din dimensiuni paralele,încercând să manipuleze sufletele și conștiințele,un proces care distrusese mulți subiecți.Pe măsură ce Neo-Gardienii se adânceau în complexul abandonat,au fost surprinși să observe umbre spectrale.Aceste „fantome" păreau a fi fostele victime ale Proiectului Phaedra,suflete prizoniere între dimensiuni,incapabile să se elibereze.Aria și Niko au încercat să stabilească o legătură cu ele,descoperind că aceste spirite purtau mesaje criptice,ca o mărturie a experiențelor de suferință și durere prin care trecuseră.Împreună,au aflat că Proiectul Phaedra avea un scop ascuns:să creeze ființe cu puteri aproape nelimitate,dar supuse total controlului.Într-un moment de revelație,una dintre fantome le-a spus că „Forțele Dominatoare" își reconfiguraseră planurile și că plănuiau să folosească aceste energii reziduale pentru a-și construi o nouă armată de războinici invincibili,manipulați direct dintr-o dimensiune intermediară.Pentru a preveni ca Forțele Dominatoare să pună în aplicare acest plan,Neo-Gardienii au decis să lanseze un atac îndrăzneț asupra dimensiunii în care se aflau aceste energii.Dar pentru a ajunge acolo,aveau nevoie de ajutorul ființei misterioase care le trimisese mesajele prin vise,o entitate cunoscută doar sub numele de „Oracolul Etern".Oracolul le-a explicat că Forțele Dominatoare utilizau o tehnologie similară cu cea a Proiectului Phaedra pentru a pătrunde între dimensiuni și pentru a manipula esențele prizonierilor.Neo-Gardienii au fost antrenați în tehnici avansate de eliberare a energiilor capturate și au fost echipați cu artefacte magice care le permiteau să traverseze dimensiuni în siguranță.În lupta finală,Neo-Gardienii au înfruntat creaturi fantomatice și soldați interdimensionali,care posedau puterea celor sacrificați de-a lungul timpului.A fost o bătălie intensă,unde fiecare membru al echipei a fost forțat să-și folosească puterile la limita extremă,dovedind încă o dată unitatea și forța lor neclintită.În cele din urmă,Neo-Gardienii au reușit să învingă amenințarea,eliberând sufletele captive și restabilind echilibrul între dimensiuni.Această victorie a consfințit o nouă eră pe Pământ,o epocă a conștiinței și a colaborării între lumi.Neo-Gardienii au rămas în veghera permanentă,iar forțele întunericului au fost alungate definitiv,departe de realitatea lor.Acum,Pământul era condus sub o nouă ordine,în care conștiințele aveau rolul central,iar lecțiile trecutului serveau drept fundație pentru o civilizație construită pe valorile universale ale luminii și dreptății.Poveștile Neo-Gardienilor au devenit legende transmise din generație în generație,iar universul era în sfârșit eliberat de forțele dominatoare.Pe Pământ,civilizația începea să înflorească într-o epocă a armoniei și cunoașterii,iar Neo-Gardienii continuau să protejeze universul,asigurându-se că echilibrul rămânea intact.Însă, deși Forțele Dominatoare fuseseră învinse și alungate,un sentiment de neliniște persista.În spatele liniștii,Neo-Gardienii simțeau că mai exista ceva,o umbră ascunsă,care părea să vegheze asupra tuturor.Într-o noapte tăcută,Aria a simțit o chemare ciudată,o vibrație profundă care o atrăgea spre un loc necunoscut,mult mai adânc în univers decât își imagina.Chemarea nu era doar telepatică;o simțea în întreaga ființă.Deși era riscant,și-a avertizat discret colegii și a pornit singură spre sursa chemării.

Aria a ajuns la marginea unei regiuni necunoscute,un teritoriu ascuns în hărțile stelare, denumit în vechile scrieri Voidul,locul unde Forțele Dominatoare își ascundeau ultimele secrete și unde se credea că energiile întunecate sunt atât de dense încât realitatea însăși se destramă.În Void,legea timpului și a spațiului era distorsionată,iar Aria și-a dat seama că acest loc era nucleul tuturor creaturilor și entităților malefice care își lăsaseră amprenta asupra universului.În mijlocul Voidului,Aria a descoperit un fel de templu vechi,construit într-un amestec de forme geometrice imposibile,ridicat de ființe a căror existență depășea imaginația umană.Pe zidurile templului erau inscripții în limbi uitate,povestind despre Primul Creator,o entitate veche și enigmatică, considerată rădăcina Forțelor Dominatoare.Aria și-a dat seama că aceste entități fuseseră create ca pioni într-o luptă mult mai mare,o luptă pentru controlul realităților multiple.Întoarsă pe Pământ,Aria a împărtășit descoperirea cu Niko și ceilalți Neo-Gardieni.Ei au realizat că amenințarea venea dincolo de galaxia lor și că universul însăși era doar o parte dintr-un conflict cosmic,între energii fundamentale ale creației și distrugerii.Pentru a face față acestei noi amenințăriNeo-Gardienii au decis să creeze o alianță cu toate rasele și civilizațiile avansate,inclusiv cu descendenții vechilor Gardieni,care păstrau cunoașterea și puterea de odinioară.

Capitolul 7: Familia Eternă

Omenirea Nouă,cum s-au numit cei ce adoptaseră valorile neo-gardienilor,a dezvoltat tehnologii care îmbinau puterile spiritului și tehnologia avansată.Împreună,au reușit să construiască un portal cosmic care le permitea accesul direct în Void,unde sperau să găsească și să distrugă sursa acestei puteri.În Void,Neo-Gardienii au întâlnit creaturi care trăiau din energia distrugerii,entități de coșmar care își schimbau forma și care se hrăneau cu frica și disperarea.La capătul acestei regiuni întunecate,Primul Creator a apărut în fața lor,o ființă de lumină și întuneric,învăluită într-o aură albă-strălucitoare,cu o privire care părea să pătrundă în sufletul fiecăruia.Vocea sa răsuna în mințile lor,cu o claritate hipnotică.
-Ați venit să distrugeți ceea ce nu puteți înțelege,le-a spus Primul Creator.
-Eu sunt echilibrul și haosul,începutul și sfârșitul.Fără mine,nu există viață.Fără întuneric,nu există lumină.Aria și Niko au înțeles că lupta lor era mai complexă decât o simplă victorie asupra răului.Realitatea era susținută de un echilibru subtil între lumină și întuneric,iar Primul Creator era manifestarea acestui echilibru.Ei au realizat că a-l distruge ar însemna să afecteze însăși structura existenței.În fața acestei revelații,Neo-Gardienii au făcut o alegere radicală.Au decis să stabilească un pact cu Primul Creator,în loc să îl distrugă.Pactul Etern a fost un acord prin care Primul Creator ar fi încheiat orice manipulare

directă asupra universului lor,iar Neo-Gardienii ar fi asigurat că nici o altă forță nu ar mai amenința echilibrul.În schimb,umanitatea și toate civilizațiile din galaxie ar urma să se dezvolte în armonie,libere de influențele distructive ale întunericului,dar conștiente de necesitatea echilibrului.Înțelegerea a creat o barieră invizibilă între Void și restul universului,astfel încât nimeni să nu mai poată accesa acel tărâm interzis.Primul Creator a revenit în starea sa latentă,rămânând o prezență tăcută în fundalul existenței.Cu această nouă eră de pace,Neo-Gardienii au devenit simboluri ale înțelepciunii și echilibrului,iar poveștile lor au fost transmise ca mituri generațiilor viitoare.Fiecare civilizație a fost încurajată să își dezvolte propria identitate și putere,dar să rămână vigilentă la forțele care ar putea periclita ordinea universală.Aria și Niko,eroi ai unei epopei care depășise barierele realității,s-au retras într-un loc liniștit din galaxie,știind că au reușit să protejeze atât lumina,cât și întunericul din univers.

Neo-Gardienii și-au păstrat locul ca protectori ai echilibrului cosmic,veghind asupra galaxiei,mereu gata să intervină atunci când armonia ar fi fost amenințată.Așa s-a născut o epocă nouă,în care conștiințele evoluate ale universului au prosperat și s-au dezvoltat,sub vegherea și protecția Neo-Gardienilor.În această nouă eră a păcii și a echilibrului universal,Neo-Gardienii continuau să vegheze asupra galaxiei,acum mult mai uniți ca niciodată.Înțelepți și respectați de toate civilizațiile,ei călătoreau prin univers,împărtășind învățăturile lor despre echilibru și puterea armoniei.Însă chiar și în această perioadă de liniște,o scânteie întunecată părea să pâlpâie la marginea cunoașterii.Într-o zi,Aria a primit un semnal enigmatic de la granița universului cunoscut.Era o transmisie veche,codificată într-o limbă aproape uitată,dar esența mesajului era clară: ceva se trezise dincolo de Void,într-un spațiu pe care nici măcar Primul Creator nu îl controlase complet.Curioși și,în același timp,precauți,Aria și Niko au decis să investigheze împreună cu o echipă de Neo-Gardieni și câțiva aliați din Omenirea Nouă.Ajunși la marginea galaxiei,au descoperit un asteroid misterios,purtând rămășițele unei tehnologii necunoscute și un portal latent.Examinând structura,și-au dat seama că acesta nu era un portal obișnuit:el permitea accesul către o realitate paralelă,o lume cu reguli proprii,izvorâtă din amintirile și energiile Forțelor Dominatoare.Tărâmul Oglindirii era o lume întunecată și instabilă,formată din fragmente de conștiință și energie ale celor care fuseseră atrași de întuneric. În această lume, fiecare Neo-Gardian descoperea versiuni alternative ale lor, distorsionate de dorințe, ambiții și frici. Aria și Niko au fost față în față cu reflecții ale propriei lor ființe: Aria vedea o versiune a sa puternică, dar plină de mândrie întunecată, în timp ce Niko își confrunta un alter ego rece și nemilos, gata să sacrifice orice pentru putere. Această lume era dominată de entități similare cu Primul Creator, dar corupte și dezechilibrate, create din suferințele și conflictele din Void. În vârful lor se afla Umbra Lui Alone, o versiune spectrală a generalului pe care îl învinseseră cu ani în urmă. Această umbră căuta nu doar să se răzbune, dar să fuzioneze Tărâmul Oglindirii cu universul real, pentru a impune o nouă ordine, una în care întunericul și haosul să fie dominante. Pentru a ieși din Tărâmul Oglindirii, Neo-Gardienii au realizat că nu puteau înfrunta aceste versiuni alternative doar cu forța. Aria și Niko au înțeles că fiecare dintre ei trebuie să se confrunte și să accepte acele aspecte întunecate ale lor, recunoscând astfel că adevăratul echilibru însemna integrarea completă a sinelui, fără negare și fără teamă. Aria și-a îmbrățișat ambiția, înțelegând că aceasta o inspirase să devină un lider puternic și protector, dar că trebuie să o folosească doar în scopuri binevoitoare. La rândul său, Niko a înțeles că sacrificiul era necesar doar atunci când era motivat de iubire și de dorința de a proteja, nu de o răceală calculată. Înțelegând aceste lecții, cei doi și ceilalți Neo-Gardieni au reușit să dizolve Tărâmul Oglindirii și să reintegreze energiile acestuia în sinele lor.

Întorși în universul lor,Neo-Gardienii au decis să închidă definitiv accesul către Void și Tărâmul Oglindirii.Cu ajutorul aliaților lor din Omenirea Nouă și din civilizațiile prietene,au construit un sigiliu interdimensional puternic,ce avea să protejeze galaxia pentru totdeauna.

Pe măsură ce Aria și Niko își priveau copiii și nepoții,generațiile viitoare de Neo-Gardieni,și-au dat seama că viitorul era sigur atât timp cât iubirea,echilibrul și înțelepciunea rămâneau temelia lor.Păstrând aceste valori,ei lăsau moștenirea Forței Binelui Suprem,menținând universul sub protecția unei familii unite,conștientă de puterea luminii și a umbrei care o definea.Așa se sfârșea o eră,dar începea o altă aventură în tărâmurile necunoscute ale universului,mereu vegheată de Neo-Gardienii care învățaseră prețul și frumusețea echilibrului.

Capitolul 8: Noua Misiune a Forței Dominatoare

După ce sigiliul interdimensional a fost completat,Neo-Gardienii au început o perioadă de reconstrucție și reflecție profundă.Energia păcii cuprindea acum galaxia,iar generațiile noi de Neo-Gardieni erau instruite în arte avansate ale telepatiei și empatiei,înțelegând astfel complexitatea armoniei cosmice.Însă,chiar în această liniște,o altă forță misterioasă părea să prindă formă la granița universului cunoscut.Pe măsură ce Aria și Niko îmbătrâneau și își pregăteau copiii și nepoții să le continue misiunea,un nou fenomen începu să tulbure stelele: „Începutul de Vid." Zone întregi ale spațiului își pierdeau

lumina și culoarea, devenind pete negre în care nicio energie nu părea să pătrundă sau să se întoarcă. Observatori din civilizații îndepărtate raportau că acest fenomen creștea în amploare, de parcă întregul cosmos ar fi fost absorbit treptat de o forță invizibilă. Aria și Niko, împreună cu Neo-Gardienii tineri, au cercetat aceste regiuni și au descoperit că „Vidul" era mai mult decât o simplă dispariție a materiei; era o inversare totală a energiei. Lumină și întuneric, forță și slăbiciune se anulau reciproc, ca o formă de anti-existență care își avea originile într-o dimensiune necunoscută. Într-un ultim efort de a înțelege fenomenul, Neo-Gardienii au lansat o misiune în interiorul unei astfel de zone afectate de Vid. Acolo, au descoperit o entitate cunoscută sub numele de „Zero," o ființă care părea a fi lipsită de orice polaritate, nici bună, nici rea, doar o stare pură de neutralitate absolută. Zero le-a explicat că existența sa era un răspuns la expansiunea universului, un „factor corectiv" care apărea pentru a limita creșterea nelimitată a energiei și materiei.Zero și Neo-Gardienii s-au angajat într-o dezbatere filosofică profundă.Entitatea susținea că echilibrul nu putea fi păstrat decât prin suprimarea tuturor formelor de viață conștientă,deoarece fiecare gând și fiecare emoție contribuia la crearea dezechilibrului.Aria a pledat pentru menținerea vieții,argumentând că însăși conștiința era un element vital în echilibrul universului și că armonia nu putea fi atinsă prin eliminarea libertății de alegere.Zero,incapabil să înțeleagă empatia și compasiunea,a inițiat o transformare a Vidului, extinzându-l către Pământ și alte planete locuite.Neo-Gardienii,forțați să își apere lumea,au intrat într-o confruntare atât fizică,cât și psihică cu Zero.În această luptă,fiecare Neo-Gardian și-a folosit puterile mentale și spirituale la maxim,creând o barieră de energie pură a conștiinței colective.În cele din urmă,Aria și Niko și-au unit mințile cu întreaga galaxie,canalizând speranțele și dorințele de viață ale fiecărei civilizații.Această energie a creat un val de rezonanță care a destabilizat Zero,forțând entitatea să retragă Vidul și să accepte un compromis:să se retragă într-o stare de observație pasivă,promițând că va interveni doar atunci când galaxia va depăși un anumit prag de dezechilibru.După ce pericolul a trecut,Aria și Niko, acum vârstnici și respectați,au transmis responsabilitatea protecției galactice noilor generații de Neo-Gardieni.Ei au devenit figuri legendare,iar povestea luptei lor cu Zero a fost transmisă de la o generație la alta,ca o lecție despre importanța conștiinței și a echilibrului între lumină

Universul a intrat într-o eră de pace eternă,în care toate formele de viață au învățat să trăiască în armonie,vegheate de Neo-Gardieni.Familia Binelui Suprem a rămas pe Pământ,dar influența lor s-a extins peste galaxii,făcând ca însăși existența să fie impregnată de echilibrul pe care l-au cultivat.Trecuseră decenii de la marea confruntare cu Zero,iar pacea câștigată se adâncise în fiecare colț al universului cunoscut.Pământul,acum un centru al înțelepciunii și armoniei,devenise un punct de referință pentru toate ființele inteligente care căutau un sens al existenței.Neo-Gardienii,conduși acum de tinerii gemeni Ran și Run,împreună cu Aria și Niko în roluri de consilieri,își continuau misiunea de a proteja echilibrul cosmic.Într-o zi,gemenele Ran și Run au primit un mesaj telepatic straniu.Viziuni fragmentate le arătau o navă necunoscută navigând prin „Void,"un teritoriu periculos și enigmatic din afara spațiului cunoscut.Această navă părea a fi ghidată de o inteligență misterioasă,una care putea să sfideze atât gravitația,cât și legile fizicii așa cum le știau Neo-Gardienii.Aria și Niko au simțit imediat o familiaritate tulburătoare în aceste imagini,era ceva similar cu energia lui Zero,dar totuși diferit.Așa că au trimis gemenele într-o misiune de cercetare împreună cu o echipă restrânsă de Neo-Gardieni pentru a descoperi originea acestei energii și a înțelege intențiile entității.Ran și Run, împreună cu echipa lor,au ajuns la granița Vidului și au descoperit nava misterioasă,care părea construită dintr-un material semi-transparent,oscilând între vizibil și invizibil.

În interiorul ei,o inteligență străveche,pe nume „Lumea Gândurilor,"părea să fie în repaus,dar totodată observând atent fiecare mișcare a Neo-Gardienilor.Lumea Gândurilor era o entitate colectivă,o amalgamare de conștiințe uitate și abandonate de Zero în timpul existenței sale.Erau ființe din tărâmuri îndepărtate,absorbite de Vid,dar care nu fuseseră complet dizolvate.Această entitate căuta o formă de eliberare,dorindu-și un univers în care să poată exista fără teama de a fi consumată de puterea absolută a echilibrului impus de Zero.Ran și Run au fost atrași într-o legătură telepatică cu Lumea Gândurilor.Întreaga echipă a fost transportată într-un univers mental,o realitate creată din dorințele și fricile ființelor absorbite.Aici,gemenele au fost supuse unor probe interioare dificile,confruntându-se cu cele mai adânci temeri și cu emoțiile de nesiguranță moștenite de la părinții lor,Brian Man și Lamia.În această realitate mentală,Ran și Run au reușit să înțeleagă că Lumea Gândurilor nu era o forță pură a răului,ci mai degrabă o colecție de conștiințe pierdute,cu frici neconfruntate și dorința de a găsi un sens.În loc să lupte împotriva acestei entități,gemenele au ales să o ajute să se integreze în noua realitate a universului,oferindu-i o șansă de a trăi în armonie.Cu ajutorul Neo-Gardienilor, Lumea Gândurilor a fost reintrodusă în univers,fiecare conștiință fiind redirecționată către o galaxie potrivită,unde să se poată dezvolta și regăsi fără influența distructivă a Vidului.Prin acest gest de compasiune și înțelegere,Ran și Run au dovedit că adevărata putere a Neo-Gardienilor nu rezida doar în capacitatea lor de a învinge amenințările, ci în abilitatea de a aduce vindecare și reconciliere.Astfel,familia Forței Binelui Suprem și-a extins din nou influența în galaxie,creând un univers în care fiecare ființă putea să existe în echilibru,învățând și evoluând alături de alte civilizații.Ran și Run,acum mai înțelepte și mai puternice,au continuat să vegheze asupra galaxiei,pregătindu-se să transmită această înțelepciune noilor generații.Cu Lumea Gândurilor integrată,Vidul și întunericul au fost transformate în simboluri de acceptare,înțelegere și unitate cosmică,iar povestea Neo-Gardienilor a devenit o legendă eternă despre iubire,curaj și puterea de a transforma chiar și cele mai întunecate frici în lumină și speranță.După ce Ran și Run au reușit să integreze Lumea Gândurilor în vastul cosmos,o pace durabilă a coborât peste univers.Echilibrul perfect între lumină și întuneric devenise acum o realitate,iar galaxia a intrat într-o eră de armonie profundă,în care toate ființele aveau libertatea de a evolua și de a-și explora potențialul fără teama de a fi consumate de forțe necunoscute.Aria și Niko,având încredere în maturitatea și înțelepciunea gemenelor,au decis să se retragă în liniște,locuind într-un sanctuar izolat unde să-și petreacă restul zilelor în contemplare și pace.Ei priveau acum la ceea ce familia și-a creat de-a lungul secolelor,o lume în care iubirea,sacrificiul și compasiunea erau forțele fundamentale ce guvernau existența.Pământul a rămas sub protecția directă a Neo-Gardienilor,iar generațiile viitoare au învățat din lecțiile lăsate de cei dinainte.

.Legendele despre Brian Man și Lamia,despre Aria și Niko,și despre lupta lor cu Zero și Lumea Gândurilor au devenit mituri sacre,transmise din generație în generație ca lecții de viață și călăuze pentru un viitor mai bun.Pe măsură ce ultimele stele ale nopții străluceau în universul liniștit,Neo-Gardienii,acum liderii familiei cu origini în Forța Binelui Suprem,au înțeles că rolul lor în istoria cosmosului era acum complet.Rând pe rând,ei au dispărut,lăsând universul pregătit să meargă mai departe în drumul său,liber și pașnic.Astfel,sub adierea galaxiilor ce continuau să pulseze de viață,povestea lor s-a încheiat,iar existența și-a reluat cursul etern,vegheată mereu de ideea că lumina și întunericul,în cele din urmă,își găsiseră un echilibru pentru toate timpurile.

Epolog:

În liniștea eternă a cosmosului,după ce războiul dintre lumina și întuneric s-a stins,universul s-a așezat într-o armonie subtilă.Pământul,odată câmp de bătălie și tărâm al speranței,a rămas sub protecția Neo-Gardienilor,care vegheau acum asupra planetei cu o înțelepciune acumulată de-a lungul generațiilor.Ran și Run,ultimele războinice ale familiei,au dus mai departe moștenirea părinților lor și au consolidat legătura dintre toate ființele conștiente ale universului,menținând echilibrul cosmic.

Brian Man și Lamia,eroii care au inaugurat lupta pentru libertate și dreptate,își găsiseră liniștea.Cu vieți dăruite sacrificiului și dragostei lor,aceștia au pășit într-o altă dimensiune,unde esența lor se contopea cu Forța Binelui Suprem, lăsându-le spiritul să dăinuie în inimile descendenților lor și în toate ființele pe care le-au protejat.În tărâmurile unde odinioară domnea Forța Dominatoare,acum nu mai erau decât ruine,simboluri tăcute ale unei ambiții neîmplinite.Cei ce fuseseră loiali acestei puteri au plecat să caute alte căi,alte lumi,dar fără lideri și fără scop,dorința lor de dominație se stinsese treptat,ca o umbră înghițită de lumina unui nou răsărit.În înțelepciunea lor,Ran și Run,împreună cu Aria și Niko,au transformat Pământul într-un centru al cunoașterii și al armoniei,unde oricine era binevenit să învețe despre pace,despre puterea echilibrului și despre legătura indisolubilă dintre lumină și întuneric.Iar stelele,ca martori tăcuți ai călătoriei lor,continuau să strălucească,spunând povestea unei familii ce învinsese timpul și spațiul,a unei iubiri care reușise să răzbată prin cele mai întunecate încercări.Așa cum lumina și întunericul coexistă într-un echilibru etern,povestea lor rămâne gravată în structura universului,amintindu-ne că binele și răul sunt doar aspecte ale aceleași realități,iar iubirea,compasiunea și înțelepciunea sunt singurele puteri capabile să transcende orice limită.Astfel, universul își continuă tăcut cursul,păstrând vie amintirea lor pentru totdeauna.

Milton Keynes UK
Ingram Content Group UK Ltd.
UKHW030849151124
451262UK00001B/299